〔清〕秦巘 编著
鄧魁英 劉永泰 整理

詞繫

第二分册

北京师范大学出版社

匯例詞牌總譜

汇例词牌总谱

詞繫卷四

五代 十國附

和凝

解紅 二十七字

百戲罷句五音清韻解紅一曲新教成叶，兩個瑶池小仙子句此時奪卻柘枝名叶

《九宫大成》入北詞黄鐘調隻曲。宋隊舞第九曰兒童解紅隊。《與解紅兒慢》無涉，故分列。

《物外清音》：《解紅》，相傳爲吕仙作，予考《解紅》爲和魯公歌童，其調云云，魯公自製曲也。按解紅舞，衣紫緋綉襦，銀帶，戴花鳳冠，五代時飾。焉有吕仙在唐，預爲此腔耶？

愚按詞意，解紅似是曲名，非人名。下云「兩個瑶池小仙子」，當是兩歌姬，或因隊舞有兒童字，遂附會其説歟？俟考。

「卻」字，葉《譜》作「得」。「教」平聲。

望梅花 三十八字

春草全無消息韻臘雪猶餘踪迹叶越嶺寒枝香自拆叶冷艷奇芳堪惜叶何事壽陽無處覓叶吹入誰

家橫笛叶

唐教坊曲名，《九宮大成》入南詞仙呂宫正曲，與商調引不同。

《梅苑》爲歐陽修作，誤。此與柳永之《望梅》，及蒲宗孟、張翥之《望梅花》皆不同，故分列。葉《譜》於「冷艷」分段。今從《花間》。此調及下詞俱詠梅，想以題爲調。「横」字，《梅苑》作「羌」。

又一體三十八字　一名梅花令　　孫光憲

數枝開與短牆平韻見雪萼豆紅跗相映叶引起誰人邊塞情叶　簾外欲三更叶吹斷離愁月正明叶空聽隔江聲叶

《梅苑》名《梅花令》。此用平韻，分段、句法與前迥異。

長命女三十九字　一名薄命女　薄命妾　或加西河二字

天欲曉韻宫漏穿花聲繚繞叶窗裡星光少叶　冷霞寒侵帳額句殘月光沉樹杪叶夢斷錦幃空悄悄叶强起愁眉小叶

唐教坊曲名。杜佑《理道要訣》：《長命女》、《西河》在林鐘羽，時號平調，今俗呼高平調。

《碧鷄漫志》：此曲起開元以前，李珣《瓊瑶集》亦有之。與和凝曲句讀各異，然皆今曲子，不知孰爲古製林鐘羽，並大曆加減者。近世有《長命女令》前七拍，後九拍，屬仙吕調，宫調、句讀並非舊曲。又别出大石調《西河》，慢聲犯正平，極奇古。蓋《西河長命女》本林鐘羽，而近世所分二曲，在仙吕、正平兩調，亦羽調也。（節録）。愚按：林鐘羽即俗呼高平調，夷則羽俗呼仙吕調，皆羽聲也。李詞久不傳，宋人詞與和詞無異，並無句讀各異者。足見遺佚之調不少。《九宫大成》入南詞黄鐘宫引。

一名《薄命女》，馮延巳調名《薄命妾》。

《樂府雜録》：大曆中，有才人張紅紅者，本與其父歌於衢路丐食。過將軍韋青所居，聞其善歌，即納爲姬。穎悟絶倫。嘗有樂工自撰歌，即《古西河長命女》也，加減其節奏，頗有新聲。未進聞，先侑歌於青。青召紅紅於屏風後聽之。紅紅乃以小豆數合，記其拍。樂工歌罷，青出給云：某有女弟子，久曾歌此，非新曲也。即令隔屏風歌之，一聲不失，樂工大驚異，欽伏不已。再云：此曲先有一聲不穩，今已正矣。尋達上聽，翊日詔入宜春院，寵澤隆異，宫中號爲記曲娘子，尋爲才人。（節録）

《詞律》：「霞」字，疑是「露」字，霞不可言冷，亦不可言侵帳也。《草堂詩餘》注一作「霧」，宜從。此調或不分段，譜注「天欲」二字可作仄平，誤。「裡」、「帳」、「強」可平。「宫」、「穿」、「霞」、「殘」、「光」可仄。「繚」上聲。

春光好 四十字 一名鶴沖天 愁倚闌令 倚闌令

紗窗暖句畫屏閑韻嚲雲鬟叶睡起四肢無力句半春間叶 玉指剪裁羅勝句金盤點綴酥山叶窺宋深心無限事句小眉彎叶

唐教坊曲名。《羯鼓録》屬太簇宫。愚按：太簇宫即俗名中管高宫，夾鐘宫俗名中吕宫。《碧鷄漫志》：夾鐘宫或易名《愁倚闌》，一名《倚闌令》。

此與《好時光》無涉。一名《鶴沖天》與《喜遷鶯》之别名《鶴沖天》不同。愚按：《詞律》削去《鶴沖天》名，不知詞之别名相同者頗多，各有取意。何得概從删削，使後人無從考證。南卓《羯鼓録》：明皇尤愛羯鼓玉笛，常云八音之領袖，不可無也。二月初詰旦，時宿雨初晴，景物明麗，小殿内庭，柳杏將吐。覩而歎曰：「對此景物，豈得不與判斷之乎」？高力士遣取羯鼓，上旋命之臨軒縱擊一曲，曲名《春光好》，神思自得，及顧柳杏皆已發拆，上指而笑曰：「此一事不喚我作天公，可乎？」嬪御侍官皆呼萬歲。（節録）「睡」、「四」、「玉」、「剪」、「點」可平。「窗」、「窺」、「深」可仄。

又一體四十一字

蘋葉軟句杏花明韻畫船輕叶雙浴鴛鴦出渌汀叶棹歌聲叶　春水無風無浪句春天半雨半晴叶紅粉相隨南浦晚句幾含情叶

「雙浴」句用七字，叶韻，比前多一字。「半晴」之「半」字，若非現成佳句，定宜用平爲妥。「葉」、「半」可平。「雙」、「無」、「春」、「紅」、「相」可仄。

又一體四十一字　歐陽炯

花滴露句柳摇烟韻艷陽天叶雨霽山櫻紅欲爛句谷鶯遷叶　飲處交飛玉斝句游時倒把金鞭叶

風颭九衢榆葉動句簇青錢叶

前段第四句七字，不叶韻。

又一體四十三字

蔡伸

鸞屏掩句翠衾香韻小蘭房叶回首當時雲雨夢句兩難忘叶　如今水遠山長叶憑鱗翼豆難叙衷腸叶況是教人無可恨句一味思量叶

後段次句七字，結句四字，比各家各多一字。

又一體四十一字

張元幹

疏雨洗句細風吹韻淡黄時叶不分小亭芳草緑句映簾低叶　樓下十二層梯叶日長影裡鶯啼叶倚遍闌干看盡柳句憶腰肢叶

前第四句用仄，不叶韻，後起句叶，與前異。「分」去聲。

又一體四十八字　無名氏

看看臘盡春回韻消息到豆江南早梅叶昨夜前村深雪裡句一朵花開叶　盈盈玉蕊如裁叶更風細豆清香暗來叶空使行人腸欲斷句駐馬徘徊叶

見《梅苑》，不著名氏。

「早」、「朵」、「暗」、「馬」四字仄聲，宜從。前段首句六字，不作兩三字句，次句七字多四字。兩結皆四字，各多一字，前後段合。葛立方一首與此同，此變體也。

愁倚闌令四十二字　晏幾道

憑江閣句看烟鴻韻恨春濃叶還有當年聞笛淚句灑東風叶　時候草緑花紅叶斜陽外豆遠水溶溶叶渾是阿蓮雙枕畔句畫堂中叶

張元幹、程垓各一首與此同，名《春光好》，自是一調異名，宜附列。後段次句七字略異。「草緑花紅」四字，《汲古》作「草紅花緑」，誤。

又一體四十二字　無名氏

冰肌玉骨精神韻不風塵叶昨夜窗前都折盡句忽疑君叶　清淚拂拂沾巾叶誰相念豆折贈芳春叶羌管休吹別塞曲句有人聽叶

見《梅苑》，兩起皆六字句，與各家異。

又一體四十二字　盧祖皋

惜春心韻步花陰叶怕春深叶風颭游絲吹落絮句滿園林叶　日長簾幕沉沉叶朱闌畔豆斜嚲瓊簪叶笑折梨花閑照水句貼眉心叶

首句即起韻，但「心」字重叶，恐是偶合，姑存此體。

何滿子三十六字

寫得魚箋無限句其如花鎖春暉韻目斷巫山雲雨句空教殘夢依依叶卻愛熏香小鴨句羨他長在羅

幃叶

唐教坊曲名。《九宮大成》入南詞小石調引，與本調正曲不同。《教坊記》：「何滿」作「河滿」。開元中，滄洲歌者何滿子，臨刑，進此曲以贖死，竟不免，而世傳其曲。故白香山詩「世傳滿子是人名，臨就刑時曲始成」。「河」應作「何」。《詞律訂》：滿子是唐時樂人之通稱，何則其姓也。《杜陽雜編》：太和中，文宗於内殿看牡丹，翹足盡憑闌，忽吟舒元輿《牡丹賦》云：「拆者如語，含者如咽，俯者如愁，仰者如悦」。吟罷，方省元輿詞，不覺歎息良久，泣下沾襟。時有宫人沈阿翹者，爲上舞《何滿子》，調聲風態，率皆宛轉。曲罷，上賜金臂環，即問其從來。翹曰：妾本吴元濟之伎女，元濟敗，因以聲得爲宫人。上因令阿翹奏《涼州曲》，音韻清越，聽者無不悽然。上謂之天上樂，乃選内人與阿翹爲弟子焉。（節録）「寫」、「小」、「羨」可平。「魚」、「無」、「其」、「花」、「熏」、「長」可仄。

又一體三十七字

正是破瓜年紀句含情慣得人饒韻桃李精神鸚鵡舌句可堪虛度良宵叶卻愛藍羅裙子句羨他長束纖腰叶

第三句七字，比前多一字，餘同。「正」、「慣」、「卻」可平。「精」、「虛」、「裙」可仄。

又一體七十三字　　尹鶚

雲雨常陪勝會句笙歌慣逐閑游韻錦里風光應占句玉鞭金勒驊騮叶戴月潛穿深曲句和香醉脱輕

裘叶　方喜正同鴛帳句又言將往皇州叶每憶良宵公子句伴夢魂豆常掛紅樓叶欲表傷離情味句丁香結在心頭叶

此比和作前調加一疊，而後段第四句多一字，是襯字也。

又一體七十四字

毛熙震

寂寞芳菲暗度句歲華如箭堪驚韻緬想舊歡多少事句轉添春思難平叶曲檻絲垂金柳句小窗弦斷銀箏叶　深院空聞燕語句滿園閑落花輕叶一片相思休不得句忍教長日愁生叶誰見夕陽孤夢句覺來無限傷情叶

此照和詞第二首加一疊，前後段第三句各七字。「舊」字，葉「譜」作「前」。杜安世作，於兩第三句平仄反。又一首後段次句四字，是脱落二字，故不録。「思」去聲。

又一體七十四字

毛滂

急雨初收珠點韻雲峰巉絕天半叶轆轤金井捲甘冽句簾外翠陰遮遍叶波翻水晶重箔句秋在琉璃雙簟叶　漏永流光緩緩叶未放崦嵫晼晚叶紅荷綠芰暮天好句小宴水亭風館叶雲亂香噴寶

鴨句月冷釵橫玉燕叶

《九宮大成》入南詞小石調正曲。

此同前毛體雙疊用仄韻，平仄亦差異，宋詞僅見此首。一本無「初」字，「暮天」二字作「芙蓉」，「箔」字作「簾」，均誤。

采桑子 四十四字　一名丑奴兒　羅敷媚　羅敷媚歌

蛸蠐領上訶梨子句綉帶雙垂韻椒户閑時叶競學樗蒲賭荔支叶　叢頭鞋子紅偏細句裙窣金絲叶無事顰眉叶春思翻教阿母疑叶

唐教坊大曲名《采桑》，又有《楊下采桑》，《羯鼓録》有《涼下采桑》，屬太簇角。《尊前集》注羽調曲、一云：本清商西曲。張先詞屬雙調。《樂府雅詞》：歐陽作，注中吕宫。《九宮大成》入南詞大石調引。愚按：俗名中管高大石角爲太簇之角聲，雙調爲夾鐘之商聲，中吕宫爲夾鐘之宫聲，大石調爲黃鐘之商聲，羽調爲無射之羽聲，諸説宫調各異，未知孰是。

與《采桑子慢》無涉，故另列。馮延巳詞，名《羅敷媚歌》，南唐後主詞加「令」字。宋初，皆名《采桑子》，黃庭堅詞名《醜奴兒》。陳師道詞名《羅敷媚》。《詞律》立《醜奴兒》爲正名，誤。辛棄疾有《醜奴兒近》、《汲古》誤連下《洞仙歌》，合刻爲一調。《嘯餘圖譜》竟分爲三段。訛以傳訛，致令原詞失傳。《詞律》辨析甚明，兹不具論。《詞律》于兩結句第五字注可平，唐宋人多用仄，故不注。二三句雖同四字，究是兩句一意。宋人間有用疊句者，一足上，一起下語氣。明人則兩句作對，非是。王敬之云「子」、「細」二字，似是以仄叶平。「領」、「綉」、「競」、可平。「蛸」、「椒」、

「叢」「鞋」、「裙」、「無」、「春」可仄。「思」去聲。「教」平聲。

又一體五十四字　　朱淑真

王孫去後無芳草句綠遍香階韻塵滿妝臺叶粉面羞搽淚滿腮叶教我甚情懷叶　去時梅蕊全然少句等到花開叶花已成梅叶梅子青青又帶黄句兀自未歸來叶

見《花草粹編》。皆集唐宋女郎詩句也。一本作朱敦儒。此比和作前後段各多一五字句，「黄」字不叶韻。愚按：此體亦當名添字，或是攤破。「草」、「少」二字或是自爲叶，後李作亦然。

添字采桑子四十八字

芭蕉　　李清照

窗前誰種芭蕉樹句陰滿中庭韻陰滿中庭疊叶葉葉心心豆舒卷有餘情叶　傷心枕上三更雨句點滴凄清叶點滴凄清疊叶愁損離人豆不慣起來聽叶

前後段第三句疊一句，兩結句各九字，比和作各多二字，故謂之添字。

攤破醜奴兒 六十字

梅詞　趙長卿

樹頭紅葉飛都盡句景物淒涼韻秀出群芳叶又見江梅淺淡妝叶也囉句真個是豆可人香叶　蘭魂蕙魄應羞死句獨占風光叶夢斷高唐叶月送疏枝過女牆叶也囉句真個是豆可人香叶

《詞律》：此調趙長卿名《似娘兒》，又名《青杏兒》。今北曲小石調《青杏兒》即此調，大石調名《青杏子》亦同。南曲仙呂宮引子《似娘兒》，亦即此調。愚按：《似娘兒》等名與此調不合，《詞律》誤認，詳後黄作。小石調當作小石角，本集題作《一剪梅》，注或作《攤破醜奴兒》。但比和作只添「也囉」下八字，所謂攤破也。作《一剪梅》者，非。「囉」字，佛經羅打切，南曲俱音羅，如《浣紗記》「唱一聲水紅花也囉」是也。

促拍醜奴兒 六十二字　一名似娘兒　青杏兒　閑閑令

黄庭堅

得意許多時韻長醉賞豆月下花枝叶暴風急雨年年有句金籠鎖定句鶯雛燕友句不被鷄欺叶紅旆轉逶迤叶悔無計豆千里追隨叶再來重縮瀘南印句而今目下句悽惶怎向句日永春遲叶

《太平樂府》、《中原音韻》俱注大石調。高拭詞注南呂宮。《太和正音譜》注小石調，亦入仙呂宮。

趙秉文詞有「但教有酒身無事」句，名《閑閑令》，亦名《青杏兒》。

此詞《汲古》刻《山谷詞》，名《醜奴兒》，元好問詞加「促拍」二字。《詞律》引以爲證。考趙長卿《惜香樂府》二首，皆名《似娘兒》。一注或刻《青杏兒》，一注向刻《攤破醜奴兒》，又一首名《青杏兒》，皆同此體。細勘與程垓《攤破南鄉子》無異，實是誤寫調名，余已辨定之矣。然則《青杏兒》、《似娘兒》，亦皆《攤破南鄉子》之别名，今雖附録，特注明以俟知音論定。餘詳《南鄉子》下。

黄又一首，結句作六字兩句，因俳體，不録。

促拍采桑子 五十字

朱敦儒

清露濕幽香韻想瑶臺豆無語凄涼叶飄然欲去句依然似夢句雲度銀潢叶　又是天風吹淡月句佩丁東豆攜手西廂叶泠泠玉磬句沉沉素瑟句舞遍霓裳叶

調見《太平樵唱》。此與《采桑子》不同，前後段比黄作少一七字句，換頭句多二字，亦當是《攤破南鄉子》，沿黄名之誤也。

麥秀兩歧 六十四字

涼簟鋪斑竹韻鴛枕並紅玉叶臉蓮紅句眉柳緑叶胸雪宜新浴叶淡黄衫子裁春縠叶異香芬馥叶　羞道交回燭叶未慣雙雙宿叶樹連枝句魚比目叶掌上腰如束叶嬌嬈不禁人拳跼叶黛眉凝蹙叶

唐教坊曲名。《碧鷄漫志》：今在黄鐘宮。《尊前集》載和凝一曲與今曲不類。《九宮大成》入南詞黄鐘宮正曲。

此調《花間》未載。

《文酒清話》：唐封舜臣，性輕佻，德宗時，使湖南，道經金州，守張樂燕之，執杯索《麥秀兩歧》曲。樂工不能，封謂樂工曰：「汝山民，亦合聞天朝音律」。守爲杖樂工。復行酒，封又索此曲。樂工前乞侍郎舉一遍。封爲唱徹，衆已盡記，於是終席歌此曲。封既行，守密寫曲譜，言封燕席事，郵筒中，送與潭州牧。封至潭，牧亦張樂燕之。倡優作襤褸婦人，抱男女筐筥，歌《麥秀兩歧》之詞，叙其拾麥勤苦之由。封面如死灰，歸過金州，不復言矣。

「禁」字，《詞律》作「爭」，今從《詞律訂》。「凝」字，葉《譜》作「微」。「並」宜平。「禁」去聲。

洞仙歌 八十五字　一名洞中仙　洞仙詞　羽仙歌

孟昶

冰肌玉骨句自清涼無汗韻貝闕琳宮恨初遠叶玉闌干倚遍叶怯盡朝寒句回首處豆何必留連穆滿叶芙蓉開過也句樓閣香融句千片叶紅英泣波面叶洞房深深鎖句莫放輕舟句瑤臺去豆甘與塵寰路斷叶更莫遣豆流紅到人間句怕一似當時句誤他劉阮叶

唐教坊曲名。《宋史·樂志》注林鐘商，又歇指調。金詞注大石調。《九宮大成》入南詞正宮正曲，又入北詞高大石角隻曲。

《宋史·樂志》名《洞中仙》，康與之詞加「令」字。袁易詞名《洞仙詞》。潘牥詞名《羽仙歌》。

《陽春白雪》：原詞題注云：宜春潘明叔云，蜀王與花蕊夫人避暑摩訶池上，賦《洞仙歌》，其辭不見於世。東坡得老尼口誦兩句，遂足之。蜀帥謝元明因開摩訶池得古石刻，遂見全篇。愚按：《温叟詩話》載有《玉樓春》詞，皆用東坡詞句。考東坡詞序，明言獨記首兩句，仿其調作歌，豈有剿襲雷同之理。沈偶僧云：東京士人隱括東坡《洞仙歌》爲《玉樓春》，見張仲素《本事記》。其爲贋作無疑，趙聞禮爲南宋人，去蜀未遠，必非臆説，故存此去彼。

加「令」字者，別乎慢曲而言也，與柳永《洞仙歌慢》不同，故另列。詞之以「歌」名者始此。「恨」、「泣」、「到」三字必用去聲，各家皆然。前次句用一領四字句者居多，宜從。「更莫遣」句或於三字豆，或於五字句，「怕一似」二句亦然，各家互異，皆一氣貫下不拘。

又一體 八十三字　或加令字

蘇軾

僕七歲時見眉山老尼姓朱，忘其名，年九十餘。自言嘗隨其師入蜀主孟昶宮中，一日大熱，蜀主與花蕊夫人夜起避暑摩訶池上，作一詞，朱具能記之。今四十年，朱已死矣。人無知此詞者，獨記其首兩句。暇日尋味，豈《洞仙歌令》乎？乃爲足之。

冰肌玉骨句自清涼無汗韻水殿風來暗香滿叶綉簾開豆一點明月窺人句人未寢句欹枕釵橫鬢亂叶

起來攜素手句庭户無聲句時見叶疏星渡河漢叶試問夜如何句夜已三更句金波淡豆玉繩低轉叶但屈指豆西風幾時來句卻不道豆流年暗中偷換叶

此宋人常用體，只「綉簾開，一點明月窺人」句，一三一六字，「玉繩低轉」比前少二字，與前異，「試問」句，平仄差殊，「卻不道」，微逗，雖異前作，可不拘。「見」字是藏韻，與孟詞「片」字同。各家如晁補之作，用「浸」字，李元膺作，用「艷」字，辛棄疾三首，用「許」字、「四」字、「子」字，叶韻者甚多，或如《木蘭花慢》句中藏韻。此余臆見，舊説未曾論及，請俟知音訂正。餘詳《點絳唇》下。

此調體格極多，皆於前後第四句下增減互異，備録參考。

又一體九十三字　　僧揮

廣寒曉駕句姑射尋仙侶韻偷被霜華送將去叶過越嶺豆棲息南枝句勻妝面豆凝酥輕聚叶愛橫管孤吹句隴頭聲盡句拚得幽香句爲君分付叶　水亭山驛句衰草斜陽句無限行人斷腸處叶盡爲我豆留得多情句何須待豆春風相顧叶任倒斷豆深思向梨花句也無奈豆寒食幾番春雨叶

見《梅苑》，不著名氏。一本於「孤吹」二字作「孤度」，叶韻，分段誤。今從《梅苑》。「過越嶺」下至「斜陽」，與各家全異，「盡爲我」句亦不同，此變格也。

又一體八十四字

柳　　晏幾道

江南臘盡句早梅花開後韻分付新春與垂柳叶細腰肢豆自有入格風流句仍更是豆骨體清英雅秀叶　永豐坊那畔句盡日無人句惟見金絲弄晴晝叶斷腸是豆飛絮時句綠葉成陰句無個事豆一成消瘦叶又莫是豆東風逐君來句便吹散眉間句一點春皺叶

「斷腸是」六字兩句，與前異，餘同蘇作。「與」、「弄」、「逐」作去聲。

又一體八十五字

瀘守王補之生日　　黄庭堅

月中丹桂句自風霜難老韻閱盡人間盛衰草叶望中秋句才有幾日十分圓句霾風雨句雲表常如永晝叶　不得文章力句白首防秋句誰念雲中上功守叶正注意豆得人雄句静掃河西句應難指豆五湖歸棹叶問持節豆馮唐幾時來句看再策勳名句印窠如斗叶

前段第四五句，一三一七字，比各家多一字。後段同晏作。「有」、「宥」、「巧」、「皓」韻並叶，江西音也，不可從。「盛」、「上」去聲。「幾」上聲。

又一體八十五字

梅　　晁補之

年年青眼句爲江梅腸斷韻一句新詩思無限叶向碧瓊枝上句白玉葩中句春猶淺叶一點龍香清遠叶　誰拋傾國艷叶昨夜前村句都恐東皇未曾見叶正倚牆紅杏叶芳意濃時句驚千片叶何許飄零仙館叶待冰雪叢中句看奇姿句乍一笑豆能回上林冬暖叶

字句與孟作同，惟「淺」字、「艷」字、「片」字叶韻。李元膺一首亦於「淺」、「片」二字叶韻。《梅苑》：「傾」字下缺「國」字，誤。「香」字，《梅苑》作「涎」，「恐」字作「怨」，「正倚牆」下十八字作「正紅杏倚雲時，自覺銷香，驚何許飄零千片」。「乍一笑」下九字作「解一笑春妍，盡回仙苑」。今據《汲古》本。「思」、「看」、「未」必用去聲。

又一體 八十五字

泗州中秋作　　晁補之

青烟幕處句碧海飛金鏡韻永夜閑階臥桂影叶露涼時豆零亂多少寒蛩句神京遠豆唯有藍橋路近叶　水晶簾不下句雲母屏開句冷浸叶佳人淡脂粉叶待都將豆許多明月句付與金尊句投曉共豆流霞傾盡叶更攜取胡牀句上南樓句看玉做人間句素秋千頃叶

毛晉云：无咎，大觀四年卒於泗州官舍，自畫山水留春堂大屏上，題詩云云。又詠《洞仙歌》一闋，遂絕筆。

此與蘇作同，惟「待都將」句多二字，《汲古》爲毛滂作，誤。「露涼時」二句作「相看露涼時，零落瓊漿神京遠」，又缺「月」字，皆誤。「臥」、「淡」、「上」必用去聲。

又一體 八十三字

李元膺

廉纖細雨句殢東風如困韻縈斷千絲爲誰恨叶向楚宮一夢句多少悲涼句無處問叶愁到而今未盡叶　分明都是淚句泣柳沾花句常與騷人伴孤悶叶記當年豆得意處句酒力方酣句怯輕寒豆玉

爐香潤叶又豈識豆情懷苦難禁句點滴檐聲句夜寒燈暈叶

此與晏作字句同，惟「向楚宮」二句一五一四字，「問」字叶韻。「點滴」上少一字，草堂本「點滴」上有「對」字。「爲」去聲。「禁」平聲。

又一體八十六字

蔡伸

鶯鶯燕燕韻本是于飛伴叶風月佳時阻幽願叶但人心堅固後句天也憐人句相逢處句依舊桃花人面叶　綠窗攜手乍句簾幕重重句燭影搖紅夜將半叶對尊前如夢句欲語驚魂句語未竟豆已覺衣襟淚滿叶我只是豆相思特特來句這度更休推句後回相見叶

此與晁作第一首同，惟「但人心」句六字多一字，「燕」字起韻，與各家異。《汲古》缺「乍」字，「只是」二字作「只爲」。上「特」作去，下「特」作平。

又一體八十八字

丁巳元夕大雨

趙師俠

元宵三五韻正好嬉游去叶梅柳蛾蟬鬥濟楚叶換鞋兒豆添頭面句只等黃昏句恰限有豆些子無情風雨叶　心忙腹熱句沒頓渾身處叶急把燈火炎艾炷叶做匙婆許叶葱油面灰畫葫蘆句更漏

轉豆越嗷不停不住叶待歸去叶猶自意遲疑句但無語叶空將眼兒廝覷叶

前段首句起韻，四五句兩三字。後段起句四字，次句五字，四五句一四一七字，皆與各家異。「許」字、「去」字、「語」字叶韻，或是偶合。「限」字當是「恨」字之訛。「濟」字當用平，或是「齊」字之訛。「炎艾」字宜去平，當是誤倒。

又一體八十六字

木犀　趙長卿

芰荷已老句菊與芙蓉未韻一夜秋容上巖桂叶間繁蕪豆嫩黃染就瓊瑰句開未足豆已早香傳十里叶　從前分付處句明月清風句不用斜輝照佳麗叶歎浮花豆徒解吒句淺白深紅句爭似我豆瀟灑堆金積翠叶看天闊秋高句露華清句見標致風流句更無塵意叶

此與晏作同，惟「瀟灑」句與孟作同，多二字。「上」、「照」、「露」去聲。

又一體八十五字

無名氏

摧殘萬物句不忍臨軒檻韻待得春來是早晚叶向紛紛雪裡句開一枝見叶清香滿叶漏泄東君先綻叶　暗香浮動句疏影橫斜句只這些兒意不淺叶怎禁他豆澹澹地句勻粉彈紅句爭些兒豆羞煞

桃腮杏臉叶爲傳語東風句共垂楊句奈辛苦句千絲萬縷撩亂叶

見《梅苑》。前段「見」字、「滿」字叶韻。後起兩四字句對偶，與各家異。餘同趙作。「是」、「意」、「共」去聲。

又一體八十四字

無名氏

梳風洗雨句蘭蕙摧殘後韻玉蕊檀芳做霜曉叶板橋平句溪岸小叶月下歸來句乘露冷句贏得清香滿抱叶　一枝春在手叶細嗅重有叶風味人間自然少叶擬欲問東君句妙語難尋句搜索盡豆池塘春草叶想不是豆詩人賞幽姿句縱竹外横斜句是誰知道叶

亦見《梅苑》。前段同蔡作，後段同蘇作，惟「小」字、「手」字、「有」字叶韻，與各家不同。有、曉兩韻並叶，亦江西音。「做」、「自」去聲。

又一體八十四字

贈宜春官妓趙佛奴

阮閲

趙家姊妹句合在昭陽殿韻因甚人間有飛燕叶見伊底豆盡道獨步江南句便江北豆也何曾慣見叶　惜伊情性好句不解嗔人句常帶桃花笑時臉叶向尊前酒底句見了須歸句似恁地豆能得幾回細

看叶待不眨眼兒句覷着伊句將眨眼工夫句看伊幾遍叶

《宜春遺事》：龍舒阮閎休，建炎中知袁州，致仕後即居宜春焉。贈其官妓趙佛奴《洞仙歌》云云。此詞已爲元曲開山矣。愚按：阮閎字閎休，一作阮閎。

此與晁第一首同，惟前尾句少一字。「也何曾」三字《本事詞》作「也是幾曾」，多一字。「有」、「笑」、「覷」去聲。

又一體八十七字

荷花　康與之

若耶溪路韻別岸花無數叶欲斂嬌紅向人語叶與綠荷相倚句恨回首西風句波淼淼豆三十六陂烟雨叶　新妝明照水句汀渚生香句不嫁東風被誰誤叶遣踟躕句騷客意句千里綿綿句烟浪遠豆何處凌波微步叶想南浦潮生句畫橈歸句正月曉風清句斷腸凝佇叶

此與趙作同，惟前段第四、五句各五字，多一字。「向」、「背」、「畫」去聲。

又一體八十三字

周紫芝

江梅吹盡句更幽蘭香度韻可惜濃春爲誰住叶最嫌他句無數輕薄桃花句推不去叶偏守定豆東風一處叶　病來應怕句酒眼常醒句老去叶羞春似無語叶準擬強追隨句管領風光句人生只豆歡期

難預叶縱留得豆梨花做寒食句怎吃他豆朝來這般風雨叶

前結七字，後起兩四字。「爲」、「似」、「做」去聲

又一體 八十六字

林外

飛梁壓水句虹影澄清曉韻橘里漁村半烟草叶歎今來古往句物換人非句天地裡豆惟有江山不老叶　雨巾風帽叶四海誰知我叶一劍橫空幾番過叶按玉龍嘶未斷句月冷波寒句歸去也豆林屋洞門無鎖叶認雲屏烟瘴句是吾廬叶任滿地蒼苔句年年不掃叶

葉紹翁《四朝聞見録》：紹興間，有題《洞仙歌》於垂虹橋者，不書其姓名，時皆喧傳以爲洞賓所爲。浸達於高宗，天顔囅然而笑曰：「是福州秀才云爾」。左右請聖諭所以然，上曰：「以其用韻，蓋閩音云。」久而知爲閩士林外所爲，聖見異矣。（節録）

換頭句四字，次句五字，皆叶韻，餘與後吴作同。「半」、「幾」、「是」去聲

又一體 八十五字

訪鄭與德郎中留飲

管鑑

化工妙手句慣與花爲主韻忍便催殘任風雨叶剪姚黄句移魏紫句齊集梁園句春艷艷豆何必尊前

解語叶　繡屏深照影句簾密收香句夜久寒生費調護叶寶盆翻句銀燭爛句客醉忘歸句共惜此豆芳菲難遇叶看明年豆紫禁繞鶯花句漫相望春風句五雲深處叶

原題一作《牡丹》。

前段第四、五句兩三字。後段與晏作同。「任」、「費」、「繞」去聲。

又一體八十二字

黄薔薇　　姜夔

花中慣識句壓架瓏璁雪韻乍見湘英間琅葉叶恨春風將了句染額人歸句留得個豆裊裊垂香帶月叶　鵝兒真似酒句我愛幽芳句還比荼蘼更嬌絕叶自種古松根句待黄龍句亂飛上句蒼髯五鬣叶更老仙句添與筆端香句敢喚起桃花句問誰優劣叶

《汲古》爲吴文英作，題《賦黄木香贈辛稼軒》。

「待黄龍」句三字，比各家少一字。「乍」字，《汲古》作「可」，誤。「更」字作「又」，「香」字作「春」。「間」、「筆」、「更」去聲。

又一體八十六字

吴文英

方庵春日花勝宴客，爲得雛慶。花翁賦詞，俾屬韻末。

芳辰良宴句人日春朝並韻細縷青絲裹銀餅叶更玉犀金彩句沾座分簪句歌園暖豆梅靨桃脣鬥勝叶　露房花曲折句鶯入新年句添個宜男小山枕叶待枝上豆飽東風句結子成陰句藍橋去豆還覓環漿一飲叶料別館句西湖最情濃句爛畫舫句月明醉句宮袍錦叶

此與趙作同，惟結尾作三字三句，或於「明」字分句。「裹」、「小」、「最」用去聲。

又一體八十七字　　黃　載

姑蘇舊臺在三十裡外，今臺在胥門上。次潘紫岩韻。

吳宮故壘句是天開圖畫韻縹緲層云出飛榭叶隱隱樓空翠巘句水繞蕪城句平疇迥句點染霜林凋謝叶　越來溪上雁句聲切闌干句似覓胥門怨吳霸叶屬鏤沉句香溪斷句夢散云空句千年外豆等是漁樵閒話叶但極目荒臺句鬱蒼烟句衰草裡句又還夕陽西下叶

通體與康作同，惟前段第四句六字略異。次潘紫岩韻即潘牥《羽仙歌》也。「出」、「鬱」「怨」作去聲。

又一體八十二字

對雨思友　　蔣　捷

世間何處句最難忘杯酒韻唯是停云想親友叶此時無一盞句千種離愁句西風外句長伴枯荷衰

柳叶 去年深夜語句傾倒書窗句燭心懸小紅豆叶記得到門時句雨正瀟瀟句嗟今雨豆此情非舊叶待與子豆相期採黄花句又未卜重陽句果能晴否叶

後段第三句六字，各家無此體。「燭」字上下，恐是誤脱一字。「想」，「小」、「採」用去聲。

又一體八十四字

荼蘼 段宏章

一庭晴雪句了東風孤注韻睡起濃香占窗户叶對翠蛟盤雨句白鳳迎風句知誰見豆愁與飛紅流處叶 想飛瓊弄玉句共駕蒼烟句欲向人間挽春住叶清淚滿檀心句如此江山句都付與豆斜陽杜宇叶是曾約梅花句帶春來句卻又自豆趁梨花句送春歸去叶

此與蘇體同，惟結尾多一字。「占」、「挽」、「帶」用去聲。

又一體八十一字

辛巳歲城初度 張翥

功名利達句任紛紛奔競韻縱使得來也僥倖叶老眼看多時句鐘鼎山林句須信道豆造物安排有

命叶　人生行樂耳句對月臨風句一詠一觴且乘興叶五十五年春句南北東西句自笑萍蹤久無定叶好學取豆淵明賦歸來句但種柳栽花句便成三徑叶

與蘇作同，但「自笑」句用上四下三字句法。「笑」字一作「歎」。「也」、「且」、「賦」用去聲。

羽仙歌八十八字

潘　牥

雕檐綺户句倚晴空如畫韻曾是吳王舊臺榭叶自浣紗人去後句落日平蕪句行雲斷豆幾見花開花謝叶　淒涼闌檻外句一簇青山句多少圖王共爭霸叶莫閒愁豆金杯瀲灧句對酒當歌句歡娱地豆夢中瞢騰休話叶漸倚遍西風句晚潮生句明月裡豆鷺鷥背人飛下叶

此與蔡作同，惟「莫閒愁」句七字，與晁體同。自是一調，無須分列。「舊」、「共」、「遍」用去聲。

三字令四十八字

歐陽炯

春欲盡句日遲遲韻牡丹時叶羅幌捲句翠簾垂叶彩箋書句紅粉淚句兩心知叶　人不在句燕空歸叶負佳期叶香燼落句枕函欹叶月分明句花淡薄句惹相思叶

《子野詞》屬林鐘商。《九宫大成》入南詞羽調引，與正宫正曲不同。

又見鮑刻《子野詞》，今從《堯山堂外記》。

《堯山堂外記》：烔事孟蜀後主，時號五鬼之一。曾約同僚納涼於寺，寺僧可朋作《耘田鼓歌》以刺之，遂徹飲。烔始作《三字令》。愚按：因通調俱用三字成句，故名。「捲」字，鮑本作「掩」，「翠」字作「綉」、「在」字作「見」，「落」字作「冷」，「函」字作「閑」，「分」字作「方」。

又一體五十四字　　向子諲

春盡日句雨餘時韻紅簌簌句緑漪漪叶花滿地句水平池叶烟光裡句雲影上句畫船移叶　文鴛並句白鷗飛叶歌韻響句酒行遲叶將我意句入新詩叶春欲去句留且住句莫教歸叶

前後各多第三句，「裡」字、「去」字用仄，與前作平仄異。

西江月五十字　一名白蘋香　步虛詞　江月令

月映長江秋水韻分明冷浸星河換平淺沙汀上白蘋多叶平雪散幾叢蘆葦叶仄　扁舟倒影寒潭句烟光遠罩輕波叶平笛聲何處響漁歌叶平兩岸蘋香暗起叶仄

唐教坊曲名。張先詞、《樂章集》俱屬中吕宮。張詞又屬道調宮。《九宮大成》入南詞中吕宮引，一名《江月令》，又入南詞雙調引。

因此詞結句，名《白蘋香》，程珌詞名《步虛詞》，與李德裕《步虛詞》不同，王行詞名《江月令》。與呂渭老《西江月慢》無涉，故另列。

「水」字起韻，兩結「葦」字、「起」字叶韻。歐凡二首皆然，與宋人平仄互叶體有别。「寒潭」下葉《譜》有「裡」字，叶韻。

又一體五十字　　司馬光

寶髻鬆鬆綰就句鉛華淡淡妝成韻紅雲翠霧罩輕盈叶飛絮游絲無定換仄叶　相見争如不見句有情還似無情叶平笙歌散後酒微醒叶平深院月明人静叶仄

《東皐雜録》：司馬温公製，又名《錦堂春》，又名《步虛詞》。愚按：歐陽炯在宋前，不始于此。想宋人習用此體，而歐體無效之者，故云。平仄互叶，雖五代時間用之，尚未顯著。詞中三聲並叶體，實始於此，爲元人北曲之濫觴矣。至《錦堂春》兩結各五字，並非平仄互叶，格調不類，舊譜誤注，今削之。「寶」、「綰」、「淡」、「翠」、「不」、「有」、「散」、「月」可平。「鬆」、「鉛」、「紅」、「飛」、「無」、「相」、「還」、「笙」、「深」、「人」可仄

又一體五十字　　蘇軾

點點樓前細雨韻重重江外平湖換平叶當年戲馬會東徐平叶今日淒涼南浦平仄　莫恨黄花未

吐仄叶且教紅粉相扶平叶酒闌不必看茱萸平叶俯仰人間今古仄叶

此亦平仄互叶體，兩起句皆叶韻，與司馬作不同。

又一體五十字　黄庭堅

老夫既戒酒不飲，遇宴集獨醒其旁。坐客欲得小詞，援筆爲賦。

斷送一生惟有句破除萬事無過韻遠山横黛蘸秋波叶不飲傍人笑我換仄叶　花病等閑瘦損句春愁没處遮攔二換平杯行到手莫留殘叶二平不道月斜人散換二平叶

後段另换一韻，各爲平仄互叶，與各家異。周紫芝，吴文英皆有此體。「横黛」二字，《汲古》作「微影」，「秋」字作「横」，「損」字作「惡」，「處」字作「個」，「斜」字作「明」。

又一體五十字　程垓

牆外雨肥梅子句階前水繞荷花韻陰陰庭户薰風滿句冰紋簟怯菱芽叶　春盡難憑燕語句日長惟有蜂衙叶沈香火冷珠簾暮句個人在碧窗紗叶

前後段第三句不叶，第四句仍叶平韻。《詞律》疑是《烏夜啼》，又以六字結，無此體，騎牆之見，終未定論。愚按：

《詞律》以《烏夜啼》與《錦堂春》合爲一調，已屬誤認。此詞兩結六字，與《錦堂春》不同。兩起亦六字，與《烏夜啼》更不同。惟與歐陽修《憶漢月》字句悉合，但平仄韻異，亦非一調，姑存俟考。

又一體五十字　周紫芝

畫幕燈前細雨韻垂蓮盞裡清歌換平玉纖持板隔香羅叶平不放行雲飛過換仄叶　今夜塵生洛浦叶仄明朝雨在巫山三換平羞蛾且莫鬥彎環三叶平不似司空見慣換仄叶

兩起句自爲叶，與蘇同。後段換韻，不與前段叶，與黃同。周凡四首，皆如此體。

又一體五十六字　趙與仁

夜半河痕隱約句雨餘天氣冥濛韻起行微月遍池東叶水影浮花句花影動簾櫳叶　量減難追醉白句恨長莫盡啼紅叶雁聲能到畫樓中叶也要玉人句知道有秋風叶

見《絕妙好詞》及《陽春白雪》。

通體用平韻，兩結各九字，與各家異。頗似趙長卿《臨江仙》體，但兩四句平仄相反，不定知是一調誤寫調名。「隱」字，葉《譜》作「依」，「冥」、字作「迷」。

鳳樓春七十八字

鳳髻綠雲叢韻深掩房櫳叶錦書通叶夢中相見覺來慵叶匀面淚句臉珠融叶因想玉郎何處去句對淑景誰同叶　小樓中叶春思無窮叶倚闌凝望句暗牽愁緒句柳花飛趁東風叶斜日照豆珠簾羅幌句香冷粉屏空叶海棠零落句鶯語殘紅叶

唐教坊曲名。《唐詞紀》：《憶秦娥》，商調曲也。《鳳樓春》即其遺意。

《詞律》于「斜日照」下缺「珠」字，所引《詞綜》作「簾櫳」，亦誤。今從《花間集》。前結句是一領四字句。

赤棗子二十七字

夜悄悄句燭熒熒韻金爐香燼酒初醒叶春睡起來回雪面句含羞不語倚雲屏叶

唐教坊曲名。

愚按：此詞與《搗練子》、《桂殿秋》、《解紅》、《瀟湘神》等曲，句法相同，猶是長短句詩遺意，只在聲調間辨別。《詞律》沾沾于平仄分別之，自謂諦當，失之遠矣。

賀明朝六十二字

憶昔花間初識面韻紅袖半遮句妝臉輕轉叶石榴裙帶句故將纖纖句玉指偷捻叶雙鳳金綫叶

碧梧銅鎖深深院叶誰料得豆兩情何日教繾綣叶羨春來雙燕叶飛到玉樓句朝暮相見叶

調見《花間集》。與《賀聖朝》不同，宜分列。

一本次句于「臉」字分句，頗通。詞中破句者甚多，觀後詞後段第二三句亦然。「纖纖」，疑是「纖手」，方讀得順，且與後詞相協。或於「指」字斷句，作四句六字，此調前後段本不相合也，存參。「羨春來」句，是一領四字句。

又一體六十一字

憶昔花間相見後韻只憑纖手句暗拋紅豆叶人前不解句巧傳心事句別來依舊叶辜負春晝叶

碧羅衣上蹙金綉叶睹對對鴛鴦句空裛淚痕透叶想韶顏非久叶終是爲伊句只恁消瘦叶

後段第二三句，兩五字句，「事」字用仄，與前微異。恐前詞「纖纖」二字有誤，姑録俟考。「是」字葉《譜》作「日」。「爲」去聲。

後庭花四十四字 一名海棠春 或加玉樹二字

毛熙震

輕盈舞妓含芳艷韻競妝新臉叶步摇珠翠修蛾斂叶膩鬟雲染叶 歌聲漫發開檀點叶綉衫斜掩叶時將纖手匀紅臉叶笑拈金靨叶

《九宫大成》入北詞仙吕調隻曲。

此調本陳後主製，見《南史》，原詞不傳，後人因舊曲而倚爲新聲也。《詞律》以爲毛第一首次句用「後庭花發」，正合題名。其實《花間集》及各刻皆作「瑞庭」，《詞律》以「瑞」字爲誤，又書毛文錫名，皆非。孫光憲作，有「後庭新宴」句，獨不可以名調乎？

「競」、「膩」、「綉」、「笑」四字必用去聲爲妙。毛熙震共三首，一首用「閒鎖」二字，誤。又一首後段第三句作「争不教人長相見」，平仄異。《詞律》以爲「教人争不長相見」之誤，臆改，非是。「臉」字重叶，通體用閉口韻甚嚴。「舞」、「步」、「漫」可平。「輕」、「歌」「時」可仄。元王惲《後庭花破子》與此無涉，宜分列。

又一體四十六字

孫光憲

景陽鐘動宫鶯囀韻露凉金殿叶輕飆吹起瓊花綻叶玉葉如剪剪叶 晚來高閣上句珠簾捲叶見墜香千片叶修蛾慢臉陪雕輦叶後庭新宴叶

後起句用八字，次句五字，與前異。「玉」字讀去聲，「葉」字入作平。「露」、「墜」、「後」去聲。

又一體 四十六字

孫光憲

石城依舊空江國韻故宫春色叶七尺青絲芳草緑借叶絕世難得叶　玉英凋落盡句更何人識叶野棠如織叶只是教人添怨憶叶悵望無極叶

後起句五字，次句四字，與前異。「世」字、「望」字用仄聲。「世」字一作「色」，是入作平。「望」字本可讀平聲，「緑」字是借叶。觀姜、吴諸名家，屋、沃多叶，北字可通。《詞律》改「碧」字，謬。

玉樹後庭花 四十四字

張先

華燈火樹紅相鬥韻往來如晝叶河橋水白天青句訝别生星斗叶　落梅穠李還依舊叶寶釵沽酒叶曉蟾殘漏心情句恨雕鞍歸後叶

《南史》：唐教坊大曲名。陳後主每引賓客，對張貴妃等游宴，使諸貴人及女學士與狎客共賦新詞相贈答，採其尤艷麗者爲曲調，其曲有《玉樹後庭花》。

《通典》：陳後主造常與宫女、學士及朝臣相唱和爲詩，太樂令何胥採其尤輕艷者爲此曲。

調見《安陸集》，各譜失收此體。

前後段第三句六字，四句五字，與各家異。兩結是一領四字句，勿誤。

八拍蠻二十八字

閻選

雲鎖嫩黄烟柳細句風吹紅蔕雪梅殘韻光景不勝閨閣恨句行行坐坐黛眉攢叶

唐教坊曲名。亦七言絶句體。《詞譜》云所詠皆越中事，或即八拍之蠻歌也。

又一體二十八字

孫光憲

孔雀尾拖金綫長韻怕人飛起入丁香叶越女沙頭争拾翠句相呼歸去背斜陽叶

首句即起韻，與閻作異。

風流子三十四字

孫光憲

樓倚長衢欲暮韻瞥見神仙伴侶叶微傅粉句攏梳頭句隱約畫簾開處叶無語叶無緒叶慢曳羅裙歸去叶

唐教坊曲名。據張耒詞此是小石調。「語」字，《圖譜》不注叶韻，誤。「約」字一本作「映」，「欲」、「瞥」，「侶」、「隱」、「畫」、「慢」可平。「長」、「神」、「羅」可仄。此調前無作者，與張耒之長調無涉，故分列。

調笑令三十八字

柳岸韻水清淺叶笑折荷花呼女伴叶盈盈日照新妝面叶水調空傳幽怨叶扁舟日暮笑聲遠叶對此令人腸斷叶

見《全唐詩》。與《轉應曲》之別名不同。《詞律》誤合爲一，當分列。《花間集》未載此詞。前無口號，後無放隊，録之以見調始於五代，其餘排場，則宋人所加耳。

調笑集句三十八字　一名調笑轉踏　　無名氏

蓋聞行樂須及良辰，鍾情正在吾輩。飛觴舉白，目斷巫山之暮雲；綴玉聯珠，韻勝池塘之春草。集古人之妙句，助今日之餘歡。

巫山

口號

巫山高高十二峰，雲想衣裳花想容。欲往從之不憚遠，丹峰碧嶂深重重。樓閣玲瓏五雲起，美人娟娟隔秋水。江天一望楚天長，滿懷明月人千里。

千里韻楚江水叶明月樓高愁獨倚叶井梧宮殿生秋意叶望斷巫山十二叶雪肌花貌參差是叶朱閣五雲仙子叶

放隊

玉爐夜起沈香烟，喚起佳人舞綉筵。去似朝雲無處覓，游童陌上拾花鈿。

《宣和九重樂府》有此名。愚按：此調見《樂府雅詞》，前有口號，後有放隊，或曰遣隊。共八首，不注撰人名氏。又有晁補之七首，鄭僅十二首，名《調笑轉踏》，亦有口號、放隊。此外秦觀十首，毛滂四首，俱詠古列女事。口號者，即北曲之賓白。放隊者，即北曲之收場也。不獨開南北曲之先聲，已定爨弄之排場矣。

思越人五十一字

古臺平句芳草遠句館娃宮外春深韻翠黛空留千載恨句教人何處相尋叶　綺羅無復當時事換仄露花點滴香淚叶仄惆悵遥天橫渌水叶仄鴛鴦對對飛起叶仄

《填詞名解》，吴人曲也。

《蜀檮杌》三月上巳，王衍宴怡神亭，衍自執板唱《霓裳羽衣》、《後庭花》、《思越人》曲。

《圖譜》以「露花」句分兩句，或謂平字起韻，皆誤，張泌有一首可證。又馮延巳一首，是晁補之《朝天子》調，誤寫人名調名，故不録。舊刻中此類甚多，今皆詳細辨正。「翠」、「綺」、「點」、「對」可平。「空」、「無」、「惆」、「遥」可仄。

又一體五十一字

秋日感懷　趙長卿

情難托句離愁重句悄愁没處安著韻那堪更豆一葉知秋句天色兒豆漸冷落叶　馬上征衫頻裛淚句一半斑斑污卻叶别來爲憶叮嚀語句空贏得豆瘦如削叶

一本名《品令》，誤。

通首用仄韻。「那堪」句，句法異。兩結句略逗，亦異。又一首結尾作「儘吃得得得」，只五字，定是脱誤，故不録。

「裛」字《汲古》作「揾」。

又一體五十五字

賀鑄

怊悵離亭斷彩襟韻碧雲明月兩關心叶幾行書尾情何限句一尺裙腰瘦不禁叶　遥夜半句曲房深叶有時昵語話如今叶侵窗冷雨燈生暈句淚濕羅箋楚調吟叶

此詞見《樂府雅詞》。自是《鷓鴣天》。柳永《瑞鷓鴣》詞，與此無異，皆誤寫調名。此類原宜從刪，但舊譜于《瑞鷓鴣》下注一名《思越人》，沿訛襲謬，至於此極，故録之詳加辨證，以明致誤之由。

好時光 四十五字

李璟

寶髻偏宜宮樣句蓮臉嫩句體紅香韻眉黛不須張敞畫句天教入鬢長叶　莫倚傾國貌句嫁取個豆有情郎叶彼此當年少句莫負好時光叶

此以末句爲名，見《尊前集》。或疑非明皇作。愚按：各譜皆引王仁裕《開天遺事》爲證，今考《開天遺事》並不載，惟《羯鼓録》實記其事，但曲名《春光好》，并未著《好時光》名，不解何以誤傳。明皇諳音律，善度曲，見於傳紀者甚多，皆無《好時光》調，且辭意不類盛唐風格。惟南唐中主李璟，宋賜廟號亦曰元宗，想因是傳訛耳。舊説沿誤，極宜辨證，識者幸勿訾其妄。

壽山曲 六十字

馮延巳

銅壺漏滴初盡句高閣鷄鳴半空韻催啟五門金鎖句猶垂三殿簾櫳叶階前御柳摇緑句仗下宮花散紅叶鴛瓦數行曉日句鸞旂百尺春風叶侍臣舞蹈重拜句聖壽南山永同叶

調見趙令畤《侯鯖録》，因末句立名。亦見《花草粹編》。獨《陽春集》未載。

六言十句，不分前後段，疑是六言應製詩，與《謫仙怨》相仿。

金錯刀 五十四字

月融融句草芊芊韻黄鶯求友啼林前叶柳條裊裊拖金綫句花蕊茸茸簇錦氈叶　鳩逐婦句燕穿簾叶狂蜂浪蝶相翩翩叶春光堪賞還堪玩句惱煞東風誤少年叶

調見《花草粹編》，而《陽春集》不載。馮共二首，平仄照注，此似《瀟湘神》、《赤棗子》等調，加後一疊。「柳」、「浪」、「惱」可平。「融」、「春」、「堪」可仄。

又一體 五十四字　一名醉瑤瑟

葉李

君來路韻吾歸路疊來來去去何時住叶公田關子竟何如句國事當時誰與誤叶　雷州户叶崖州户疊人生會有相逢處叶客中頗恨乏蒸羊句聊贈一篇長短句叶

《詞譜》：一名《醉瑤瑟》。

此詞見田藝蘅《西湖游覽志餘》，爲葉李贈賈似道作。宋理宗景定五年秋七月，彗星出，詔許中外直言。臨安府學生葉李、蕭規應詔上書詆賈似道專權害民誤國。似道命劉良貴捃摭以罪，黥配李于漳州，規于汀州。德祐元年，似道以罪免，發循州安置，遣會稽府鄭偉臣押之貶所，至泉州洛陽橋，遇李自漳州放還。見於客邸，李賦詞贈之，似道俯首謝焉。（詩餘譜）引不著調名，與《金錯刀》字句悉合，但改仄韻，《詞譜》列入《金錯刀》。雖是譏諷之詞，語涉詼諧，而他無作者，不得不存以備體。

芳草渡五十五字

燕鴻

梧桐落句蓼花秋韻烟初冷句雨纔收叶蕭條風物正堪愁叶人去後句多少恨句在心頭叶　燕鴻遠換仄羌笛怨叶仄渺渺澄波一片叶仄山如黛句月如鈎叶平笙歌散叶仄魂夢斷叶仄倚高樓叶平

此與周邦彦八十九字體不同，故分列。

前段平韻，後段平仄相間。《草堂》、《詞律》作歐陽修，誤。

又一體五十七字

張先

雙門曉鎖響朱扉韻千騎擁句萬人隨叶風鳥弄影畫船移叶歌時淚句和别怨句作秋悲叶　寒潮小句渡淮遲叶吳越路句漸天涯叶宋王臺上爲相思叶江雲下句日西盡句雁南飛叶

此調《安陸集》不載。

前段起句七字，次句兩三字句，第三句七字。後段起二句不換仄韻，與前異。張又一首於「吳越路」作「野橋時」平仄異。「騎」、「弄」、「宋」、「日」可平。「雙」、「潮」、「臺」、「思」、「西」可仄。「爲」去聲。

瑞鷓鴣五十六字 一名舞春風 桃花落 鷓鴣詞 拾菜娘

嚴妝纔罷怨春風韻粉牆畫壁宋家東叶蕙蘭有恨枝猶緑句桃李無言花自紅叶 燕燕巢時羅幕捲句鶯鶯啼處鳳臺空叶少年薄倖知何處句每夜歸來春夢中叶

《宋史·樂志》：太宗親製，中吕調。高拭詞注仙吕調。《九宫大成》入南詞羽調正曲。馮詞又名《舞春風》，教坊曲有此名。陳彭年詞名《桃花落》：尤袤詞名《鷓鴣詞》，邱處機詞名《拾菜娘》。《樂府紀聞》：名《天下樂》，與楊无咎正調無涉。又舊注一名《五拍》，又《太平樂》，此因闕注詩而云然。其實闕及七言律詩，明言以詩紀之，何得爲詞名耶。《鷓鴣天》實此調之變聲，微有不同，故另列。胡仔《苕溪詩話》：唐初歌詩，多五七言詩，今存者止《瑞鷓鴣》七言八句詩，猶依字易歌也。唐人歌之，遂成詞調。此詞中四句必作對偶，前段次句平仄不粘，宋人則儼如七律體，平仄不拘。首句，葉《譜》作「纔罷嚴妝怨曉風」。

又一體六十四字

紅梅 晏殊

越娥紅淚泣朝雲韻越梅從此學妖顰叶臘月初頭句庾嶺繁開後句特染妍華贈世人叶 前溪昨夜深深雪句朱顏不掩天真叶何時驛使西歸句寄與相思客句一枝新叶報道江南別樣春叶

《樂章集》屬般沙調，「沙」當作「涉」。

與前體迥別，當是攤破格也。晏二首，柳永二首，皆同。「妖」字，葉「譜」作「嬌」。「特」字，《梅苑》作「時」，「溪」字作「村」，「掩」字作「及」，「歸」字作「來」。「越」、「臘」、「特」、「昨」、「驛」、「寄」、「報」可平。「前」、「朱」、「何」、「時」可仄。

又一體六十四字　柳永

臨鸞常恁整妝梅韻枝枝仙艷月中開叶可煞天心句故與多端麗句那更羅衣峭窄裁叶　幾回瞻覷魂消黯句芙蕖勻透雙腮叶好將心事都分付與句時暫到豆小庭來叶玉砌紅芳點綠苔叶

見《梅苑》無名氏，與柳作韻同。宋本《樂章集》未載。

後段第三四句兩四字，五六句兩三字，與晏作異。

又一體五十五字　柳永

吹破殘烟入夜風韻一軒明月上簾櫳叶因驚路遠人還遠句縱得心同寢未同叶　情脈脈句意沖沖叶碧雲歸去認無踪叶只應曾向前生裡句愛把鴛鴦兩處籠叶

調見《樂章集》注平調。

後段起句兩三字，實《鷓鴣天》也，調名傳訛。

歸自謠三十四字　一名思佳客令

江水碧韻江上何人吹玉笛叶扁舟遠送瀟湘客叶蘆花千里霜月白叶傷行色叶明朝便是關山隔叶

《樂府雅詞》爲歐陽修作。注道調宫。

與韋莊《歸國謡》不同，故分列。《雅詞》於「瀟湘客」分段，宋詞皆然。「江水碧」三字《雅詞》作「寒水碧」，「江上」作「水上」。「何」、「扁」、「千」、「明」可仄。「送」、「月」可平。

思佳客令三十四字　　趙彦瑞

天似水韻秋到芙蓉如亂綺叶芙蓉意與黄花倚叶　歷歷黄花矜酒美叶清露委叶山間有個閒人喜叶

與《鷓鴣天》別名《思佳客》不同。

此與馮作同，惟换頭句平仄異，實一調異名，故附列。

擣練子二十七字　一名深夜月　深院月

秋閨　　李煜

深院静句小庭空韻斷續寒砧斷續風叶無奈夜長人不寐句數聲和月到簾櫳叶

《太和正音譜》注雙調，或加令字。《九宫大成》入南詞仙吕宫引，又入北詞雙角隻曲。一名《深院月》、《夜深月》。又入南詞南吕宫正曲，名《擣白練》。因首句名《深院月》，又因末句名《深夜月》。一本爲馮延巳作，誤。《古今詞話》以李德裕《步虚詞》即雙調《擣練子》。劉禹錫《瀟湘神》亦即《擣練子》，此説皆非也，詳後。「斷」、「夜」、「數」可平。「無」、「和」可仄。

又一體五十二字　　無名氏

雲染幕句緑堆烟韻霏霏細雨濕花鈿叶一片芳菲吹不起句閑愁損豆更啼鵑叶　人去後句景依然叶畫堂誰復聽哀弦叶鸚鵡不知情意懶叶頻催我豆下犀簾叶

此雙疊，前後結各六字，比前作各少一字。

又一體 三十八字

無名氏

林下路句水邊亭韻涼吹水可平曲散餘酲叶小簾牀句隨意橫叶　猶記得句舊時經叶翠荷鬧雨做秋聲叶恁時節句不堪聽叶

《九宮大成》入南詞大石調引。

楊湜《古今詞話》：唐詞載李德裕《步虛詞》即雙調《搗練子》。唐詞中本無換頭，《搗練子》本無雙調。近刻列爲李白《桂殿秋》二首。李集之考核者多矣，不聞《菩薩蠻》、《憶秦娥》而外別有《桂殿秋》也。愚按：《步虛詞》無考，或以《桂殿秋》「仙女下」一首實之。既云本無雙調，又云即雙調《搗練子》，自相矛盾。宋以前詞調相同者頗多，何得臆斷爲一，殊不足信。《梅苑》一首不分段，李石一首皆與此同。

前後段比前作各少七字句。「翠」可平。「節」作平。

破陣子 六十二字　一名十拍子

四十餘年邦國句三千里地山河韻鳳闕龍樓連霄漢句玉樹瓊枝作烟蘿叶幾曾識干戈叶　一旦歸爲臣僕句沈腰潘鬢消磨叶最是蒼黃辭廟日句教坊獨奏別離歌叶垂淚對宮娥叶

唐教坊曲名。

高拭詞注正宮。

此與《破陣樂》不同，故另列。

《詞苑》：南唐後主歸國，臨行作《破陣子》詞，以其調一唱十拍也。餘見《虞美人》下。

十拍子 六十二字

晏殊

燕子來時新社句梨花落後清明韻池上碧苔三四點句葉底黃鸝一兩聲叶日長飛絮輕叶　巧笑東鄰女伴句採桑徑裡逢迎叶疑怪昨宵春夢好句原是今朝鬥草贏叶笑從雙臉生叶

唐教坊曲名。《九宮大成》入南詞正宮引。《集解》：唐教坊樂，以此詞一唱十拍。此調一名《破陣子》，考之唐樂，自是兩曲，俱隸教坊，《教坊記》乃並列然。愚按：《十拍子》聲調、體製與《破陣子》無異，只末二句與後主作平仄相反。程垓《破陣子》與此同，當是一調，宜附列。

「飛」、「雙」二字用平，「日」、「笑」二字必用仄方妙。《詞律》以「四點」、「夢好」、「鬥草」等字去上爲妙，細校晏作五首，及各家皆未盡然。可平可仄，俱照晏別作注。「疑怪」二字葉《譜》作「怪道」。「燕」、「碧」、「葉」、「巧」、「女」、「採」可平。「來」、「新」、「池」、「東」、「疑」、「原」可仄。

嵇康曲 五十六字

薛九三十侍中郎韻蘭香花媚生春堂叶龍蟠王氣變秋霧句淮聲泗水浮秋霜叶　宜城酒烟生霧

服换仄與君試舞當時曲叶仄玉樹遺詞悔重聽句黄塵染鬢無前緑叶仄

《客座贅語》：薛九江南富家子，得侍李後主宫中，善歌《嵇康曲》，曲爲後主所製。江南平，流落江北，嘗一歌之，座人皆泣。後易爲《嵇康曲》舞辭云云。又見《侍兒小名録》。

此亦樂府遺聲也，舊譜編入詞調，採以備體。「王」去聲。

謝新恩 五十一字

冉冉秋光留不住韻滿階紅葉暮叶又是過重陽句臺榭登臨處叶 茱萸香墜紫句菊氣飄庭户叶晚烟籠細雨叶雝雝新雁咽寒聲句愁恨年年長相侣叶

《歷代詩餘》：止李煜一首，不分前後段。《詞譜》於「茱萸」分段，從之。《詞律》不收。前後段字句不符，辭意亦不甚貫，恐有脱誤。

又一體 五十七字

秦樓不見吹簫女句空餘上苑風光韻粉英金蕊自低昂叶東風惱我句纔發一衿香叶 瓊窗夢笛句殘日當年句得恨何長叶碧闌干外映垂楊叶暫時相見句如夢懶思量叶

此體用平韻，與前迥異。體格實與《臨江仙》無殊，只後起少一字，或「殘日」上脱一字，皆因前後相連，誤寫調名。

《詞譜》以爲《臨江仙》別名，但前闋字句懸殊，《臨江仙》從無仄韻體，不得連前作一例合并也，仍分列。

烏夜啼 四十七字

昨夜風兼雨句簾帷颯颯秋聲韻燭殘漏滴頻欹枕句起坐不能平叶 世事漫隨流水句算來一夢浮生叶醉鄉路穩宜頻到句此外不堪行叶

唐教坊曲名。《太和正音譜》注南吕宫，又大石調。唐樂府楊巨源有《烏夜啼》注西曲。《教坊記》謂之軟舞。

此與《相見歡》別名不同。《花間集》名《錦堂春》，説詳卷首《烏夜啼》下。

愚按：陳徐陵有《烏夜啼》樂府，琴曲亦有此名，相傳已久，宋人始有《錦堂春》調。《詞律》以《烏夜啼》歸入《錦堂春》內，不知李後主去唐未遠，在歐、趙以前，焉得襲《錦堂春》調改爲《烏夜啼》乎？《花間集》本非五代時原本，誤寫調名，沿訛莫辨。且《錦堂春》前起二句各六字對偶，與《烏夜啼》格調絕不相類。小令不過八九句，相仿者甚多，各刻調名訛寫者亦不少，何得以多少一字即行歸并耶！萬樹但知《錦堂春》填者甚多，不可刪削，恐滋訛異，而《烏夜啼》名又焉可削去耶！凡事必從其朔，故分列。此作譜必論時代爲允也。又以《聖無憂》并爲一調，字句卻同，不知《教坊記》已兩列，更不宜合，餘詳凡例。

又一體 四十八字

寄遠 蘇軾

莫怪歸心甚速句西湖自有蛾眉韻若見故人須細説句白髮倍當時叶 小鄭非常強記句二南依

舊能詩叶更有鱸魚堪切膾句兒輩莫教知叶

起句六字比前多一字，此確與《錦堂春》相同，恐是名誤，姑附列參考。

一斛珠 五十七字 一名一斛夜明珠 醉落魄 怨春風

晚妝初過韻沉檀輕注些兒個叶向人微露丁香顆叶一曲清歌句暫引櫻桃破叶 羅袖裛殘殷色可叶杯深旋被香醪涴叶綉牀斜憑嬌無那叶爛嚼紅茸句笑向檀郎唾叶

《尊前集》注商調。《張先詞》屬高平調。蔣氏《九宮譜目》入仙吕引子。《九宮大成》入北詞仙吕調隻曲，又入南詞雙調。

《宋史·樂志》，太宗製中吕調大曲，名《一斛夜明珠》，張先詞名《醉落魄》，又名《怨春風》。曹鄴《梅妃傳》：江采蘋九歲能誦二南，開元中選侍明皇，見寵。所居悉植梅花，戲名曰梅妃。後爲楊氏遷於上陽東宮。上在花蕚樓，會夸使至，命封珍珠一斛密賜妃，妃不受以詩付使者云：「柳葉雙眉久不描，殘妝和淚污紅綃。長門盡日無梳洗，何必珍珠慰寂寥！」明皇令樂府以新聲度之，號《一斛珠》，曲名始此也。（節録）「櫻」字、「檀」字有用仄聲者。「晚」、「向」、「一」、「裛」、「綉」、「爛」可平。「初」、「沉」、「輕」、「微」、「羅」、「杯」、「旋」、「斜」可仄。「露」字葉《譜》作「吐」，「憑」字作「倚」。

又一體 五十七字 黃庭堅

紅牙板歇韻韶聲斷豆六幺初徹叶小檀酒滴真珠竭叶紫玉甌圓句淺浪浮春雪叶 香芽嫩蕊清

心骨叶醉中襟量與天闊叶夜闌似覺歸仙闕叶走馬章臺句踏碎滿街月叶

前段次句用上三下四字，句法微異。兩結句「浮」字、「滿」字有俱用仄聲者，可不拘。「與」、「滿」可平。「浮」可仄。

又一體 五十五字　周邦彥

梅花

夜闌人靜韻月痕寄豆梅梢疏影叶簾外曲角闌干近叶舊攜手處句花霧寒成陣叶　應是不禁愁與恨叶縱相逢難問叶黛眉曾把春衫印叶後期無定句腸斷香銷盡叶

《汲古》原名《品令》，與黄、秦諸作《品令》不同。觀後楊詞句法韻腳全合，只「縱相逢」下多「情味」二字。此詞句意不暢，應脱二字。的是楊和周韻，與黄詞同，只兩四句平仄異，定係《片玉集》誤寫調名，宜歸《一斛珠》下。但方千里、陳允平和詞亦名《品令》，後段次句亦五字，想當宋時訛傳已久，毋怪後人之難辨也。

「衫」字，葉《譜》作「山」。

又一體 五十七字　一名章臺月　晏幾道

滿街斜月韻垂鞭自唱陽關徹叶斷盡柔腸歸思切叶都爲人人句不許多時別叶　南橋昨夜風吹雪叶短長亭下征塵歇叶歸時定有梅堪折叶欲把離愁句細捻花枝說叶

李彭老詞因黄詞結句，名《章臺月》。

前段第三句，後段起句，平仄異。晏共四首，二首同此，一首同李作。「思」去聲。

又一體 五十七字

楊无咎

水寒江静韻浸一抹豆青山倒影叶樓外指點漁村近叶笛聲誰噴叶驚起賓鴻陣叶　往事總歸眉際恨叶這相思豆情味誰問叶淚痕空把羅襟印叶淚應啼盡叶争奈情無盡叶

汲古《逃禪詞》注或誤作《品令》。《詞律訂》：此詞是《品令》，和周清真韻，惟多「情味」二字。愚按：周作與「品令」各家體皆不同，亦是誤寫調名，均當歸入《一斛珠》内。《汲古》每多訛刻，校讎不精之過。毛斧季校正刊補數家，惜未能全校耳。此詞原注，卻釐然不爽也。前後第四句俱用仄平平仄叶韻，與周作略異。

醉落魄 五十七字

無名氏

醉惺惺醉韻憑君會取些滋味叶濃斟琥珀香浮蟻叶一入愁腸句便有陽春意叶　須將幕席爲天地叶歌前起舞花前睡叶從他兀兀陶陶裡叶猶勝惺惺句惹得閑憔悴叶。

《尊前集》注商調，乃夷則之商聲。金元曲子於《醉落魄》注仙吕調，乃夷則之羽聲，可知兩换頭句平仄確係音律所關，《張先詞》屬林鐘商。

《能改齋漫録》：豫章云：「醉惺惺醉」一曲乃《醉落魄》也，其詞云云。此詞亦有佳句，而多斧鑿痕。又語高下不甚入律，或傳是東坡語，非也。與蝸角虛名之曲相似，疑是王仲父作。

此與《一斛珠》同，惟換頭句平仄異，自是一調，當類列。「魄」一作「托」。張先一首誤寫《慶金枝》名，非別名也，故不注。

又一體五十五字

九日黄鶴山登高　　戴復古

龍山行樂韻如何今日登黄鶴叶風光正要人酬酢叶欲賦歸來句莫問淵明錯叶　江山登覽長如昨叶飛鴻影裡秋光薄叶只有黄花覺叶牢裹烏紗一任西風作叶

與前作同，惟「只有」句少二字，是誤脱。

阮郎歸四十七字　一名碧桃春　醉桃源　憶桃源　宴桃原　濯纓曲

東風吹水日銜山韻春來長是閑叶落花狼籍酒闌珊叶笙歌醉夢間叶　春睡覺句晚妝殘叶憑誰整翠鬟叶留連光景惜朱顏叶黄昏獨倚闌叶

《張先詞》屬大石調，又屬仙吕調。《九宮大成》入南詞南吕宮引，與本宮正曲不同。

丁謂詞有「碧桃春晝長」句，名《碧桃春》。張先詞名《醉桃源》，與趙鼎正調不同，張繼先詞名《憶桃源》，曹冠詞名《宴桃源》，與《如夢令》之別名不同。韓淲詞有「濯纓一曲可流行」句，名《濯纓曲》。

《汲古》爲歐陽修作，誤。後起句歐作「淺螺黛」，蘇作「雪肌冷」。亦有用三仄者。「長」、「醉」、「整」、「獨」四字用平者多，自當用平爲是。明媛端淑卿後起作六字句，吴子孝作七字，因明人不録。「憑誰」二字《汲古》作「無人」。

「落」、「醉」、「整」、「獨」可平。「東」、「吹」、「春」、「長」、「狼」、「笙」、「春」、「憑」、「留」、「光」、「黄」可仄。

蝶戀花 六十字

一名鵲踏枝　鳳棲梧　黄金縷　捲珠簾　魚水同歡　細雨吹池沼　明月生南浦　一籮金　或加轉調二字

遥夜亭皋閑信步韻纔過清明句漸覺傷春暮叶數點雨聲風約住叶朦朧淡月雲來去叶　桃李依依香暗度叶誰在鞦韆句笑裡輕輕語叶一片芳心千萬緒叶人間没個安排處叶

唐教坊曲名，《張先詞》、《樂章集》俱屬小石調。張調又屬林鐘商。趙令畤詞注商調。《太平樂府》注雙調。《九宫大成》入北詞雙角隻曲。

晏殊詞名《鵲踏枝》，唐教坊曲有此名。盧氏女詞名《鳳棲梧》。蘇小小詞因馮延巳有「展盡黄金縷」句，名《黄金縷》。趙令畤詞有「不捲珠簾」句，名《捲珠簾》。韓元吉詞名《魚水同歡》。韓淲詞有「細雨吹池沼」句，名《細雨吹池沼》。沈會宗詞名《轉調蝶戀花》。因蘇小小句，名《明月生南浦》。李石詞名《一籮金》。

《元百種曲》以爲蘇小小製，宋大曲也。舊説創始于司馬槱。愚按：李後主、馮延巳皆在宋前，《春渚紀聞》所載並非蘇小小原詞，亦非司馬槱作，當以李作爲最先。

首句有用平平仄仄平平仄者，兩結句末三字有用仄平仄者，雖不拘，究非正格，故不注。「漸」、「雨」、「淡」、「笑」、

「没」可平。「遥」、「亭」、「䰟」、「朦」、「桃」、「依」、「誰」、「芳」、「人」可仄。

又一體六十字　石孝友

別來相思無限期韻欲説相思句要見終無計換仄叶擬寫相思持送伊平叶如何盡得相思意仄叶眼底相思心裡事仄叶縱把相思句寫盡憑誰寄仄叶多少相思都做淚仄叶一齊淚損相思字仄叶

「期」字、「伊」字兩平韻，平仄互叶，首句平仄亦異。石作每多隨意更换，姑録以備一格。「從」字當作「縱」。

黄金縷六十字

足司馬才仲夢中蘇小小詞　秦觀

妾本錢塘江上住韻花落花開句不管流年度叶燕子銜將春色去叶紗窗幾陣黄梅雨叶　斜插犀梳雲半吐叶檀板輕敲句唱徹黄金縷叶夢斷彩雲無覓處叶夜涼明月生南浦叶

因馮延巳有「展盡黄金縷」句，故名。

《春渚紀聞》「司馬才仲初在洛下，晝寢，夢一美姝牽帷而歌曰：「妾本錢塘江上住」云云。才仲愛其詞，因詢曲名，云是《黄金縷》。且曰：「後日相見於錢塘江上」。及才仲以東坡先生薦應製舉中等，遂爲錢塘幕官。其廨舍後堂，蘇小小墓在焉。時秦少章爲錢塘尉，爲續其詞，「斜插犀梳雲半吐」云云。不踰年而才仲得疾，所乘畫水輿艤泊河塘，柁工遽見才仲攜一麗人登舟，即前聲喏，繼而火起舟尾，蒼忙走報，家已慟哭矣。張樞《詞林紀事》：按晁公武《郡齋讀書志》，才仲喜爲宫體詩，故世傳其爲鬼物所祟。又按厲鶚《南宋雜事詩》注，蘇小小墓並不在錢塘，自周密《武林舊事》載在西湖，而《咸淳臨安志》亦引周紫芝詩爲證。然唐人徐凝有詩云：「嘉興縣裡逢寒食，落日家家拜掃回。唯有縣前蘇小小墓，無人送與紙錢灰」。陸廣徵《吴地志》，亦明載在嘉興縣側，並不在錢塘，似不足據。又《七修類稿》：蘇小小有二人，皆錢塘名娼。一南齊人，郭茂倩《樂府解題》下已注明矣；一是宋人，見《武林舊事》。其姊名盼奴，與太學生趙不敏相洽，不敏卒，盼奴亦没，小小歸不敏弟趙院判焉。陶宗儀《輟耕録》備載數事，辯以爲南齊人矣。又不知宋蘇小小古辭有「何處結同心，西陵松樹下」之句，此南齊蘇小小之墓。元張光弼詩注，墳在嘉興縣前，此必宋蘇小小之墳耳。（節録）

愚按：此首字句同，原可不録。然據《春渚紀聞》是蘇小小詞本半闋，名《黄金縷》，秦特足成，以合《蝶戀花》調。明媛張紅橋有半闋體，或因此也。未免臆見。姑録原詞以備辯論。《樂府雅詞》：「妾本」二字作「家在」，「輕敲」二字作「朱唇」，「夢斷彩雲」四字作「望斷行雲」，「夜深」二字作「夢回」，「南」字作「春」。

蝴蝶兒　四十字

張　泌

蝴蝶兒韻晚春時叶阿嬌初着淡黄衣叶倚窗學畫伊叶　還似花間見句雙雙對對飛叶無端和淚拭胭脂叶惹教雙翅垂叶

張泌一作張佖，誤。唐教坊曲名《蝴蝶子》

即以起句爲調名，與《玉蝴蝶》不同，《詞律》類列，誤。

「倚」字、「惹」字上聲，「學」字、「雙」字平聲，宜從。「拭」字一作「温」。「阿」可平。

點絳唇 十一字 一名點櫻桃 十八香 尋瑶草 南浦月 沙頭雨 一痕沙

蔭緑圍紅句夢瓊家在桃源住韻畫橋當路叶臨水開朱户叶　柳逕春深句行到關情處叶顰不語叶意憑風絮叶吹向郎邊去叶

《太平樂府》注仙吕宫，《太和正音譜》注仙吕調，高拭詞注黄鐘宫，《九宫大成》入北詞仙吕調隻曲，又入南詞黄鐘宫引。

王禹偁詞名《點櫻桃》，王十朋詞名《十八香》。韓淲詞有「更約尋瑶草」句，名《尋瑶草》。張輯詞有「邀月過南浦」句，名《南浦月》。又有：「遥隔沙頭雨」句，名《沙頭雨》，一名《一痕沙》，見《歷代詩餘》，與《昭君怨》之别名不同。

「夢」字、「畫」字、「意」字，必用去聲，雖有用平者終不起調。沈氏别集選韓琦一首，次句上多一「對」字，衍誤，非有此體也。「蔭」、「柳」可平。「家」、「臨」、「行」、「吹」可仄。

《詞譜》：此詞前段第二句本七字句，但於第四字藏一韻，可作兩句。蘇軾詞：「不用悲秋，今年身健還高宴。」吴琚詞：「憔悴天涯，故人相遇情如故。」舒亶詞：「紫霧香濃，翠華風轉花隨輦。」「健」字、「遇」字、「轉」字皆用韻。元詞如應次蘧、蕭允之諸作皆然，實本蘇詞也。愚按：《洞仙歌》中亦用之，後人於换頭第二字用韻，皆仿此法，並非兩字句也。

踏陽春二十三字

無名氏

踏陽春韻人間三月雨和塵叶陽春踏句秋風起句腸斷人間白髮人叶

見《全唐詩》，題作《周顯德中齊州謡》，第三句作「陽春踏盡西風起」，「三月」作「二月」。《歷代詩餘》同。「白髮」作「鶴髮」。

又一體二十七字

五雲華曉玲瓏韻天府由來汝府中叶惆悵此情言不盡句一丸蘿卜火吾宫叶

《全唐詩》注，周顯德中，有人病狂，每歌云云。自言夢見一紅衣女子，引入宫殿皆紅，一小姑令歌如此。有道士云：「此犯大麥毒所致。女即心神，小姑脾神也。《醫經》蘿卜治麪毒。」如此言以藥並蘿卜食遂愈。起句少三字，三句多一字，與前作異。

眉峰碧四十六字

蹙破眉峰碧韻纖手還重執叶鎮日相看未足時句忍便使豆鴛鴦隻叶　薄暮投村驛叶風雨愁通

夕叶窗外芭蕉窗裡人句分明葉上豆心頭滴叶

王明清《玉照新志》：裕陵親書其後云：「此詞甚佳，不知何人所作。」《塡詞名解》：宋徽宗手書一詞，問曹組云，何人所作，因起句遂名《眉峰碧》。《古今詞話》：眞州柳永，少讀書時，以無名氏《眉峰碧》詞題壁，後悟作詞章法。一妓向人道之，永曰：「某於此亦頗變化多方也。」然遂成屯田蹊徑。

《歷代詩餘》：似《卜算子》之一體，但以平仄有殊，別爲一體。愚按：體格差異，決非別名，辭意似五代人語，既在柳永前故分列附五代末。

「分」字下，一本無「明」字。

詞繫卷五

宋

風光好 三十六字

陶穀

好因緣韻惡因緣叶只得郵亭一夜眠叶會神仙叶　琵琶撥盡相思調換仄知音少叶仄安得鸞膠續斷弦叶平是何年叶平

《九宫大成》入南詞羽調引。

鄭文寶《南唐近事》：陶穀學士奉使，恃上國勢，下視江左，辭色毅然不可犯。韓熙載命妓秦弱蘭詐爲驛卒女，每日弊衣持帚掃地。陶悦之與狎，因贈一詞名《風光好》云云。明日後主設宴，陶辭色如前，乃命弱蘭歌此詞勸酒，陶大沮，即日北歸。沈叡達《雲巢編》：陶使吴越，惑倡女任社娘，因作此詞。任大得陶資，後用以創仁王院，落髮爲尼。兩説互異，當以《南唐近事》爲是。

《墨莊漫録》：一名《愁倚闌令》。愚按：此因《春光好》誤傳，實與《春光好》不同。

「會」字，《詞林紀事》作「别」，「安得」二字作「再把」。「只」、「撥」可平。「安」可仄。

越江吟四十九字

蘇易簡

非烟非霧瑶池宴韻片片碧桃句冷落黄金殿叶蝦鬚半捲叶天香散叶　奏雲和孤竹清婉叶入霄漢叶紅顔醉態句爛漫金輿轉叶霓旌影斷叶簫聲遠叶

郭維禮《詞譜》：世傳琴曲宫聲十小調，皆隋賀若弼製，其五名《越江吟》。釋文瑩《續湘山野録》：太宗酷愛琴曲十小詞，命近臣十人各探一調撰一詞。蘇翰林易簡探得《越江吟》，遂賦此闋。《古今詞譜》：宋初以詞章早著名者，梓州蘇易簡作《越江吟》，載百琲明珠，蜀之大魁自此始。詞之以吟名者始此。舊譜謂賀鑄更名《瑶池宴》，遂與蘇軾詞并見一調，字句全異，大誤。《湘山野録》所載，「冷落」下多「誰見」二字。「奏」字，《詞律》誤「青」字，費解，《詞譜》作「春」字，今從《花草粹編》。

江南春三十字

寇準

波渺渺句柳依依叶孤村芳草遠句斜日杏花飛叶江南春盡離腸斷句蘋滿汀洲人未歸叶

此自度曲，以詞句立名。與吴文英雙調《江南春》無涉，與李白《秋風清》體同，平仄微異。司馬光《温公詩話》：寇萊公詩，才思融遠。年十九成太平興國進士，嘗爲《江南春》云云，一時膾炙。

甘草子 四十七字

柳永

春早韻柳絲無力句低拂青門道叶暖日籠啼鳥句初坼桃花小叶　遥望碧天淨如掃叶曳一樓豆輕烟縹緲叶堪惜流年謝芳草叶任玉壺傾倒叶

《九宫大成》入北詞高宫隻曲。

《湘山野録》：寇萊公因早春宴客，自撰《甘草子》詞，俾工歌之。（節録）

末句用一領四句字句法。「烟」字一作「寒」。「謝」字作「對」，誤。

又一體 四十七字

秋暮韻亂灑衰荷句顆顆真珠雨叶雨過月華生句冷徹鴛鴦浦叶　池上憑闌愁無侶叶奈此個單棲情緒叶卻傍金籠共鸚鵡叶念粉郎言語叶

《樂章集》屬正宫。

前段第二第四句，平仄與前異。「愁」字平，亦異。「侶」字，《汲古》作「似」，《詞律》注借葉，誤。「共」字作「教」，今據宋本改正。柳別首用平聲。

踏莎行五十八字　一名柳長春　喜朝天　踏雪行

春色將闌句鶯聲漸老韻紅英落盡青梅小叶畫堂人靜雨濛濛句屏山半掩餘香裊叶　密約沉沉句離情杳杳叶菱花塵滿慵將照叶倚樓無語欲銷魂句長空黯淡連芳草叶

《九宮大成》入南詞仙呂宮引，一名《柳長春》，又入北詞商角隻曲。

《樂府雅詞》加令字。

張先詞屬中呂宮。金詞注中呂調。趙長卿詞名《柳長春》，曹冠詞名《喜朝天》，與張先正調不同。《鳴鶴餘音》名《踏莎行》。

第二句有不起韻者，然宋人多如此填，詞之以行名者始此。「落」、「畫」、「半」、「倚」、「黯」可平。「春」、「鶯」、「紅」、「人」、「屏」、「離」、「菱」、「塵」、「無」、「長」可仄。

轉調踏莎行六十五字

曾覿

翠幄成陰句誰家簾幕韻綺羅香擁處句觥籌錯叶清和將近句春寒更薄叶高歌看豆簌簌梁塵落叶
好景良辰句賞心行樂叶金杯無奈是句苦相虐叶殘紅飛盡句裊垂楊輕弱叶來歲斷豆不負鶯花約叶

「春寒」句四字，比後趙作少一字。「金杯」句平仄亦異。

又一體 六十六字

路宜人生日　趙彥端

宿雨纔收句餘寒尚力韻牡丹將綻也豆近寒食叶人間好景句算仙家也惜叶因循盡掃斷豆蓬萊迹叶舊日天涯句如今咫尺叶一月五番價豆共歡叶集些兒壽酒句且莫留半滴叶一百二十個豆好生日叶

一本爲趙師俠作，誤。

第三、五句加一字，四句加二字，故名轉調。「一月」句作五字，與前段同。《詞律》缺「價」字，茲據《詞律訂》增入。「尚」、「近」、「好」、「咫」、「月」、「五」、「壽」、「半」可平。「番」可仄。「莫」、「一」、「百」平聲。

陽關引 七十八字

塞草烟光闊韻渭水波聲咽叶春朝雨霽句輕塵斂句征鞍發叶指青青楊柳句又是輕攀折叶動黯然豆知有後會甚時節叶　更盡一杯酒句歌一闋叶嘆人生裡句難歡聚句易離別叶且莫辭沉醉句聽取陽關徹叶念故人豆千里自此共明月叶

《九宮大成》入南詞大石調引。

晁補之詞名《古陽關》。又《琴論》：引者，進德修業申達之名也。陳暘《樂書》：謂之引者，引說其事也。

按無名氏《古陽關》與此不同，似非一調，故分列。

「知有」有字、「千里」里字，晁補之詞皆作平，此卻以上作平。「後」、「甚」、「自」、「共」四字，必用去聲，勿誤。「一」作平。「然」可仄。

憶餘杭 五十二字

潘閬

長憶西湖湖水上韻盡日憑闌樓上望叶三三兩兩釣魚舟換平島嶼正清秋叶平　笛聲依約蘆花裡三換仄白鳥數行忽驚起三叶仄別來閒想整綸竿四換平思入水雲寒四叶平

《九宮大成》入南詞羽調引。

《湘山野録》：潘閬自度曲，因憶西湖諸勝，故名《憶餘杭》。

楊湜《古今詞話》：潘逍遥狂逸不羈，往往有出塵之語。自製《憶餘杭》三首，一時盛傳。東坡愛之，書於玉堂屏風。石曼卿使畫工繪之作圖，其詞云云。舊刻或云《虞美人》，或云《酒泉子》，皆誤。更有失去第二首「山影獨」字，第三首添「碧溜」字者，不成詞矣。按《詞綜》引《湘山野録》云：錢希白愛之，書於玉堂屏風，未知孰是。

《詞綜》、《詞律》皆名《酒泉子》，誤。「樓」字《古今詞話》作「湖」，「數行忽驚起」作「成行忽飛起」。《碎金詞譜》無「忽」字。「盡」、「兩」、「笛」、「白」、「數」、「忽」、「思」可平。「憑」、「三」、「閒」可仄。

又一體 四十九字

長憶孤山句山在湖心如黛簇句僧房四面向湖開韻輕棹去還來叶　芰荷香細連雲閣換仄閣上

清聲檐下鐸叶仄別來塵土污人衣三換平空役夢魂飛三叶平

《古今詞話》於「孤山」下有「山影獨」三字。「黛簇」一作「簇黛」。書城按：此有三字，方與下段同。然《詞林紀事》三首一律少三字，俟考。

千秋引 八十四字　一名澹紅綃

李　冠

杏花好句仔細君須辨韻比早梅深句夭桃淺叶想鮫綃豆澹拂鮮紅綻叶蠟融紫萼重重現叶烟外悄句風中笑句香滿院叶　欲綻全開俱可羨叶粹美妖嬈無處選叶除卿卿似尋常見叶倚天真豆艷冶輕朱粉句分明洗出胭脂面叶追往事句繞芳樹句千千遍叶

《高麗史・樂志》名《千秋歲令》。

此與《千秋歲引》、《千秋歲》俱不同。一名《千秋萬歲》，因「想鮫綃」句又名《澹紅綃》。

六州歌頭 百四十三字

驪山

凄涼繡嶺句宮殿倚山阿韻明皇帝換仄曾游地叶仄鎖烟蘿叶平鬱嵯峨叶平憶昔真妃子叶仄艷傾國句方姝麗叶仄朝復暮三換仄嬪嬙妬叶仄寵偏頗叶平三尺玉泉句新浴蓮羞吐叶三仄紅浸秋波叶平聽花奴

借叶平敲羯鼓叶三仄酣奏鳴鼉叶平體不勝羅叶平舞婆娑叶平　正霓裳曳叶三仄驚烽燧叶三仄千萬騎叶三仄擁雕戈叶平情宛轉四換仄魂空亂叶四仄蹙雙蛾叶平奈兵何叶平痛惜三春暮句委妖麗句馬嵬坡叶平平寇亂叶四仄回宸輦叶四仄忍重過叶平香瘞紫囊句猶有鴻都客句鈿合應訛叶平使行人到此句千古只傷歌叶平事往愁多叶平

程大昌《演繁露》：《六州歌頭》，本鼓吹曲也。近世好事者，倚其聲爲吊古詞，音調悲壯。又以古興亡事實文之，聞其歌，使人慷慨。良不與艷詞同科，誠可喜也。《詞品》：宋大典大卹，皆奏此樂。《詞苑叢談》：六州，蓋唐人西邊之州：伊州、梁州、石州、甘州、渭州、氐州也。《詞名集解》：六州各有歌曲，統名《六州》，樂之變也。

按：此與後唐莊宗《歌頭》、無名氏《六州》皆無涉。

凡四換韻，多用三字句，自相爲叶，或分三疊，或分四段，皆誤。「亂」字重叶。

又一體百四十二字

送辛稼軒　程珌

向來抵掌句未必總談空韻難遍舉句質三事句試從公叶記當年句賦得一丘一壑句天鳶闊句淵魚静句莫擊磬句但酌酒句儘從容叶一水西來句他日會從公叶曳杖其中叶問前回歸去句已笑白髮成蓬叶不識如今句幾西風叶　蒙莊多事句論虱豕句推羊蟻句未辭終叶又騾說句魚得計句孰能通叶歎如雲網罟句龍伯啖句眇難窮叶凡三惑句誰使我句釋然融叶豈是匏瓜繫者句把行藏豆悉付

鴻濛叶且從頭檢校句想見共迎公叶湖上千松叶

通體不换韻。「賦得」句六字，「問前回」二句、一五、一六字。「豈是」句六字，「把行藏」句七字，皆與李作異。「年」字不叶韻，「公」字三叶，重復。「他日」句，各家多不叶，故不注叶。「笑白髮」上《汲古》刻及《詞律》無「已」字，「共」字缺，今從《詞律訂》增。

又一體百四十三字

淵明祠　　袁去華

柴桑高隱句丘壑歲寒姿韻北窗下句羲皇上句古人期叶俗人疑叶束帶真難事句賦歸去句吾廬好句斜山路句攜筇杖句看雲飛叶六翮冥冥句高舉青霄外句矰繳何施叶且流行坎止句人世任相違叶採菊東籬叶　正悠然豆見南山處句無窮景句與心會句有誰知知琴中趣句杯中物句醉中詩叶可忘饑叶一笑騎鯨去句向千載句賞音稀叶嗟倦翼句瞻遺像句是吾師叶門外空餘衰柳句摇疏翠豆斜日輝輝叶遺行人到此句感嘆不勝悲叶物是人非叶。

「正悠然」三字，屬下段，比各家少一韻，餘同李作。後段同程作，亦不换仄韻。

愚按：詞中分段每多參差，「正悠然」句當屬上段，在宋時已有誤填者。小令中《垂絲釣》亦然。袁詞實誤筆。本譜皆以創製爲式，以諸名家爲證，庶免疑義。作者當從其多者、精者爲準，不得以宋人已有此體爲藉口地耳。

又一體百四十三字　　賀鑄

少年俠氣句交結五都雄韻肝膽洞換仄毛髮聳叶仄立談中叶平死生同叶平一諾千金重叶仄推翹勇叶仄矜豪縱叶仄輕蓋擁叶仄聯飛鞚叶仄斗城東叶平轟飲酒壚句春色浮寒甕叶仄吸海垂虹叶平閒呼鷹嗾犬句白羽摘雕弓叶平狡穴俄空叶平樂匆匆叶平　似黃粱夢叶仄辭丹鳳叶仄明月共叶仄漾孤篷叶平官冗從叶仄懷倥傯叶仄落塵籠叶平簿書叢叶平鶡弁如雲衆叶仄供鹿用叶仄忽奇功叶平笳鼓動叶仄漁陽弄叶仄思悲翁叶平不請長纓句繫取天驕種叶仄劍吼西風叶平恨登山臨水句手寄七弦桐叶平目送歸鴻叶平

此平仄互叶體，不換別韻。

「勇」字、「衆」字、「用」字、「種」字俱叶。「閒呼」二句，兩五字與李作異。「鹿」字，葉《譜》作「麄」。

又一體百四十二字　　韓元吉

東風着意句先上小桃枝韻紅粉膩換仄嬌如醉叶仄倚朱扉叶平記年時叶平隱映新妝面三換仄臨水岸叶三仄春將半叶三仄雲日暖叶三仄斜陽轉叶三仄夾城西叶平草軟沙平句驟馬垂楊渡句玉勒爭嘶叶平認蛾眉叶平凝笑臉句薄拂胭脂叶平綉户曾窺叶平恨依依叶平　昔攜手處四換仄香如霧叶四仄紅隨

步叶四仄怨春遲叶平消瘦損五換仄憑誰問叶五仄只花知叶平淚空垂叶平舊日堂前燕句和烟雨句又雙飛叶平人自老六換仄春長好叶六仄夢佳期叶平前度劉郎句幾許風流地句也應悲叶平但茫茫暮靄句目斷武陵溪叶平往事難追叶平

此與李作同，惟「也應悲」句少一字。凡六換韻，比李作多一韻。「恨依依」三字，疑當屬下段。

又一體百四十三字

張孝祥

長淮望斷句關塞莽然平韻征塵暗句霜風勁句悄邊聲叶黯銷凝叶追想當年事句殆天數句非人力句洙泗上句弦歌地句亦膻腥叶隔水氈鄉句落日牛羊下句區脱縱横叶看名王宵獵叶騎火一川明叶笳鼓悲鳴叶遣人驚叶　念腰間箭句匣中劍句空埃蠹句竟何成叶時易失句心徒壯句歲將零叶渺神京叶干羽方懷遠句静烽燧句且休兵叶冠帶使句紛馳騖句若爲情叶聞道中原遺老句常南望句翠葆霓旌叶使行人到此句忠憤氣填膺叶有淚如傾叶

《朝野遺記》：安國在建康留守席上賦此，歌闋，魏公爲罷席而入。

各家多用此體，或於「亦膻腥」分爲首段，「且休兵」爲次段，共三疊。「膻腥」二字，《絶妙好詞》作「軍營」，今從《汲古》。

又一體 百四十三字　　辛棄疾

屬得疾，暴甚，醫者莫曉其狀。小愈，困臥無聊，戲作以自釋。

晨來問疾句有鶴止庭隅韻吾語汝句只三事句大愁余叶病難扶叶手種青松樹句礙梅塢句妨花徑句纔數尺句如人立句卻須鋤叶秋水堂前句曲沼明於鏡句可燭眉鬚叶被山頭急雨句耕壟灌泥塗叶誰使吾廬叶映污渠叶　嘆青山好句檐外竹句遮欲盡句有還無叶刪竹去句我乍可句食無魚叶愛扶疏叶又欲爲山計句千百慮句累吾軀叶凡病此句吾過矣句子奚如叶口不能言臆對句雖盧扁句藥石難除叶有要言妙道句往問北山愚叶庶有瘳乎叶

此與張作悉同，原可不録，但「塢」字似與「樹」字叶，「立」字似與「尺」字叶，「矣」字似與「此」字叶，未知是否，故不注。《汲古》於「須鋤」上爲一段，「吾軀」上爲一段，分三段。「如」字作「知」，失卻一韻，亦非。

又一體 百四十三字　　劉過

鎮長淮句一都會句古揚州韻昇平日句珠簾十里春風句小紅樓叶誰知艱難去句邊塵暗句胡馬擾句笙歌散句衣冠渡句使人愁叶屈指細思句血戰成何事句萬户封侯叶但瓊花無恙句開落幾經秋叶故壘荒丘叶似含羞叶　悵望金陵宅句丹陽郡句山不斷綢繆叶興亡夢句榮枯淚句水東流叶甚時

休叶野竈炊烟裡句依然是句宿貔貅叶歎燈火句今蕭索句尚淹留叶莫上醉翁亭看句濛濛雨句楊柳絲柔叶笑書生無用句富貴拙身謀叶騎鶴來游叶

起四句各三字，第五句六字，後起句三句皆五字，與各家全異。字數雖同，而句讀迥異，亦破句法也。

又一體百四十四字

黄　機

丘總幹隱括上吴荆州啟，以此腔歌之，因次韻。

百年忠憤句無淚灑江濱韻曹劉事句埋露草句鎖烟榛叶哭英魂叶此恨有誰知者句時把劍句頻看鏡句徒自苦句拳破裂句眼眵昏叶從古時哉去速句鄹人子句反袂傷麟叶望家山何在句哀哀已罄缾叶欲剗還生叶猛堪驚叶　膏肓危病句寧有藥句針匕具句獻無門叶荆州啟句條舊畫句漢將軍叶已不存叶便合囊封去句倉庾地句尚閒關叶此不用句心漫有句恐無干叶人世歡哀數耳句天或者又假人言叶又一番春盡句高柳暗如雲叶夢斷重城叶

「此恨」句六字，比各家多一字。「從古」二句，一六、一三字，亦異。「條舊畫」三字，疑有誤。用韻太雜。

又一體百三十三字

江都　汪元量

緑蕪城上句懷古恨依依韻淮山碎换仄江波逝叶仄昔人非叶平今人悲叶平惆悵隋天子叶仄錦帆裡叶仄環珠履叶仄叢香綺叶仄展旌旗叶平蕩漣漪叶平擊鼓撾金句擁瓊璈玉吹叶仄恣意游嬉叶平斜日暉暉叶平亂鶯啼叶平　銷魂此際叶仄君臣醉叶仄貔貅弊叶仄事如飛叶平山河墜叶仄烟塵起叶仄風淒淒叶平雨霏霏叶平草木皆垂淚叶仄家國棄叶仄竟忘歸叶平笙歌地叶仄歡娛地叶仄盡荒畦叶平惟有當時皓月句依然掛豆楊柳青枝叶平聽堤邊漁叟句一笛醉中吹叶平興廢誰知叶平

此與賀作平仄互叶體同，惟前段少第十五、六二句，共十字，「旗」字用平叶。後段十五句少叶一韻，與李、賀兩作相似。「惟有當時皓月」句，與程、張兩作合。「時」字非叶。

又一體百四十四字

張　翥

孤山歲晚句石老樹楂枒韻逋仙去句誰爲主句自疏花叶破水芽叶烏帽騎驢處句近修竹句侵荒蘚句知幾度句踏殘雪句趁晴霞叶空谷佳人句獨耐朝寒峭句翠袖籠紗叶甚江南江北句相憶夢魂賒叶水繞雲遮叶思無涯叶　又苔枝上句香痕沁句么鳳語句凍蜂衙叶瀛嶼月句偏來照影句橫斜處句瘦

争些叶好約尋芳客句問前度句那人家叶重呼酒句摘瓊葩叶插鬟鴉叶換起春嬌扶醉句休孤負豆錦瑟年華叶怕流芳不待句回首易風沙叶吹斷城笳叶

後段第六句四字，比各家多一字。七句不叶韻，十三句「葩」字叶，亦異。餘與張孝祥作同。

清商怨

四十二字　一名關河令　傷情遠　傷情怨　　晏殊

關河愁思望處滿韻漸素秋向晚叶雁過南雲句行人回淚眼叶　雙鸞衾裯悔展叶夜又永豆枕孤人遠叶夢未成歸句梅花聞塞管叶

《九宮大成》入南詞越調正曲。《詞名續解》：林鐘曲。

《詞名集解》：晉樂府有《清商曲》，《子夜》諸歌辭是也。至唐舞曲有《清商伎》詞採其意，變今名。

周邦彥詞因首二字，又名《關河令》。雅詞歐陽修作注，一名《傷情遠》，方千裡詞名《傷情怨》。

通首俱用上聲韻，起句「思」字當讀去聲。《詞律》引周邦彥詞「秋陰時作」，「作」音做，《汲古》本誤刻作「晴」字，遂定爲平聲。且以此詞「思」字亦作平讀，不知此句必用平平平去去去上。觀趙長卿二首皆同，晏幾道詞亦然，只少一字，可證其誤。至「向晚」、「淚眼」、「塞管」等字，宜用去上，片玉及陳允平和詞皆然。「悔展」二字，亦宜用去上爲是。「漸素秋」句，是一領四字句，均勿誤。

又一體四十二字　晏幾道

庭花香信尚淺韻最玉樓先暖叶夢覺香衾句江南依舊遠叶　回文錦字暗翦叶漫寄與豆也應歸晚叶要問相思句天涯猶自遠叶

亦用上聲韻，惟起句六字，比前作少一字。「先」字、「歸」字用平，「字」字用仄微異。「香」字，葉《譜》作「春」。

又一體四十三字　沈會宗

城上鴉啼斗轉韻漸玉壺冰滿叶月淡寒梅句清香來小院叶　誰遣鸞簫寫怨叶翻錦字豆疊疊和愁捲叶夢破蘆笳句江南烟樹遠叶

許氏《詞譜》入南詞越調。

起句亦六字，後段次句八字，比前作多一字。「遣」字，《詞律》作「遺」，誤。「簫」字，《詞譜》作「箋」，「蘆」字作「秋」。此詞平仄不同，不足爲法。

望仙門四十六字

玉池波浪碧如鱗韻露蓮新叶清歌一曲翠眉顰叶舞華裀叶　滿酌蘭英酒句須知獻壽千春叶太

平無事荷君恩叶荷君恩疊句齊唱望仙門叶

《九宮大成》入南詞小石調正曲。

《史記》：漢武帝題集靈宮門曰「望仙」。

以末句立名。晏凡三首，皆疊三字，是定格。「一」可平。「清」可仄。

相思兒令四十七字　或無兒字

昨日探春消息句湖上綠波平韻無奈繞堤芳草句還向舊痕生叶　有酒且醉瑶觥叶更何妨豆檀板新聲叶誰教楊柳千絲句就中牽繫人情叶

《九宮大成》入南詞小石調引。

《花草粹編》：名《相思令》，與張先《相思兒令》不同，故另列。

愚按：晏作諸調，雖無製曲確據，然當宋初，詞調未備，或以詞意爲名，或以詞句爲名，應是創製，前無作者。

秋蕊香四十八字

梅蕊雪殘香瘦韻羅幕輕寒微透叶多情只似春楊柳叶占斷可憐時候叶　蕭娘勸我杯中酒叶翻紅袖叶金烏玉兔長飛走叶爭得朱顏依舊叶

《九宮大成》入南詞高大石調正曲，又入南詞雙調引。

「蕊」一作「蘂」。

此與《秋蕊香引》及趙以夫九十七字體，皆無涉。黄鑄詞加「令」字。「雪」、「只」、「占」、「可」、「勸」、「玉」可平。「梅」、「香」、「多」、「時」、「蕭」、「翻」、「金」、「争」、「朱」、「依」可仄。

胡擣練 四十八字　或加令字

小桃花與早梅花句盡是芳妍品格韻未上東風先坼叶分付春消息叶　佳人釵上玉尊前句朵朵穠香堪惜叶誰把彩毫描得叶免恁輕拋擲叶

韓維詞加「令」字，與《擣練子》無涉。或云《桃源憶故人》即此，然彼首句即起韻，與此微異，未必是一調，故另列。首句葉《譜》作「夜來江上見寒梅」，「盡是」二字作「自是」，「未上」二字作「爲甚」，「風」字作「君」。「小」、「品」、「未」、「彩」、「免」可平。「花」、「芳」、「東」可仄。

又一體 五十字　杜安世

數枝半斂半開時句洞閣曉妝新注韻寶香格艷姿天賦叶甘被群芳妬叶　狂風橫雨且相饒句又恐有豆彩雲迎去叶牽破少年心緒叶無計長爲主叶

前段第三句，後段第二句，各七字，與晏作異。「長爲」二字，《汲古》、《詞律》皆倒，誤。愚按：「寶香格」三字當讀，恐有誤。

撼庭秋 四十八字

別來音信千里韻恨此情難寄叶碧紗秋月句梧桐夜雨句幾回無寐叶　樓高目斷句天遥雲黯句只堪憔悴叶念蘭堂紅燭句心長焰短句向人垂淚叶

唐教坊曲名。《九宫大成》入南詞仙吕宫正曲。「撼」一作「感」。

此以詞意爲名，他無作者。與《撼庭竹》無涉。「恨此情」句，「念蘭堂」句皆一領四句法，勿誤。「遥」字，葉《譜》作「涯」。

燕歸梁 五十一字

雙燕歸飛繞畫堂韻似留戀虹梁叶清風明月好時光叶更何況豆綺筵張叶　雲衫侍女句頻傾壽酒句加意動笙簧叶人人心在玉爐香叶慶佳會豆祝延長叶

張先詞屬高平調。《九宫大成》入南詞正宫引。

此以起二句立名，與《喜遷鶯》之别名不同，張先、周邦彦皆有此體。「壽酒」二字，葉《譜》作「桂醑」。「似」、「更」、

「侍」、「壽」、「慶」可平。「雙」、「留」、「明」、「何」、「雲」、「人」、「佳」可仄。

又一體五十字　　柳永

織錦裁篇寫意深韻字值千金叶一回披玩一愁吟叶腸成結豆淚盈襟叶　幽歡已散前期遠句無聊賴豆是而今叶密憑歸雁寄芳音叶恐冷落豆舊時心叶

《樂章集》屬平調。

前段次句四字，後起二句，一七字，一六字，與晏作異。「篇」字一本作「編」，「雁」字，《汲古》、《詞律》作「燕」，今據宋本訂正。

又一體五十二字　　柳永

輕躡羅鞋掩絳綃韻傳音耗豆苦相招叶語聲猶顫不成嬌叶乍得見豆兩魂消叶　匆匆草草難留戀句還歸去豆又無聊叶若諧雨夕與雲朝叶得似個豆有囂囂叶

《樂章集》屬中呂調。

次句亦六字，前後段相同，與前作異。「綃」字，《汲古》作「紗」，誤。「得」、「見」可平。

又一體四十九字　杜安世

風擺紅綃捲畫簾韻寶聯慵拈叶日高梳洗幾時忺叶金盆水豆弄纖纖叶　髻雲鬆嚲衣斜褪句和嬌懶豆瘦巖巖叶離愁更豆宿酲兼叶空贏得豆病懨懨叶

前段與柳第一首同，後段第三句六字，比柳少一字。通首用閉口韻甚嚴。

又一體五十一字　呂渭老

樓外東風杜宇聲韻雙枕細眉顰叶女郎番馬小山屏叶金籠冷豆夢魂驚叶　起來重綰雙羅髻句無個事豆淚盈盈叶楊花蝴蝶亂分身叶飛不定暮雲晴叶

前段同晏作，後段同柳前作。「冷」、「不」、「定」可平。「金」、「飛」可仄。

又一體四十九字　張孝祥

風柳搖絲花纏枝韻滿目韶輝叶離鴻過盡伯勞飛叶都不似豆燕來歸叶　舊時王謝堂前地句情

分獨依依叶畫梁雕拱啟朱扉叶看雙舞豆羽人衣叶

前段同柳作。後段次句五字，比柳少一字。「纏」作去聲。

又一體五十字　石孝友

樓外春風桃李陰韻記一笑千金叶翠眉山斂眼波侵叶情滴滴豆怨深深叶　當初見了句而今別後句算此恨難禁叶與其向後兩關心叶又何似而今叶

此與晏作同，惟末句五字，少一字。後次句句法亦異。

又一體五十字　對雪醒坐上雲麓先生　吴文英

一片游絲拂鏡灣韻素影護梅殘叶行人無語看春山叶背東風豆兩蒼顔叶　夢飛不到梨花外句孤館閉更寒叶誰憐消渴老文園叶聽溪聲豆瀉冰泉叶

前後次句皆五言詩句，與各家異。愚按：南宋詞前後整齊者居多。

少年游五十字　一名小闌干　玉蠟梅枝

芙蓉花發去年枝韻雙燕欲歸飛叶蘭堂風軟句金爐香暖句新曲動簾帷叶　佳人拜上千春壽句深意滿瓊卮叶緑鬢朱顏句道家裝束句長似少年時叶

張先詞屬林鐘商。《九宫大成》入南詞大石調引。

此以末句爲名，盧祖皐詞名《小闌干》，與《眼兒媚》之别名不同。韓淲詞有「明窗玉蠟梅枝」句，名《玉蠟梅枝》。「緑鬢」句，張先二首，俱用平平平仄，微異。「佳人拜」三字。葉《譜》作「家人並」。

又一體五十一字

重陽過後句西風漸緊句庭樹葉紛紛韻朱闌向曉句芙蓉妖艶句特地鬥芳新叶　霜前月下句斜紅淡蕊句明媚欲回春叶莫將瓊萼等閑分叶留贈意中人叶

前後段兩四、一五字起，後段第四句七字叶韻，與前異。

又一體五十一字　歐陽修

去年秋晚此園中韻攜手玩芳叢叶拈花嗅蕊句惱烟撩露句拚醉倚西風叶　今年重對芳叢處句

追往事豆又成空叶敲遍闌干句向人無語句惆悵滿枝紅叶

張先詞屬雙調。

後段次句六字，與晏作異。餘同晏前作。

又一體五十一字　歐陽修

闌干十二獨憑春韻晴碧遠連雲叶千里萬里句二月三月句行色苦愁人叶　謝家池上句江淹浦畔句吟魄與離魂叶那堪疏雨滴黄昏叶更特地豆憶王孫叶

《詞律》爲梅堯臣作，又缺「浦」字。《六一詞》凡三首，不載此體。後段與《燕歸梁》相似。後結句一七字叶韻，一六字與前異。「千里」千字以上作平。「二月」月字以入作平。

又一體五十二字　柳永

一生贏得是淒涼韻追前事豆暗心傷叶好天良夜句深屏香被句爭忍便相忘叶　王孫動是經年去句貪迷戀豆有何常叶萬種千般句把伊情分句顛倒儘思量叶

《樂章集》屬林鐘商。

前後段次句俱六字，與前異。《汲古》、《詞律》脱「是」字，「儘」字作「盡」。「前」字，一本作「住」，「把」字作

「託」，據宋本訂正。

又一體五十一字

潤州作　　蘇軾

去年相送句餘杭門外句飛雪似楊花韻今年春盡句楊花似雪句猶不見還家叶　對酒捲簾邀明月句風雪透窗紗叶卻似嫦娥憐雙燕句分明照豆畫梁斜叶

前段與晏第二首同，後段一七、一五、一七、一六字，與各家異，平仄亦拗。

又一體五十二字

晏幾道

綠鈎闌畔句黃昏淡月句攜手對殘紅韻紗窗影裡句朦朧春睡句繁杏小屏風叶　須愁別後句天高海闊句何處更相逢叶幸有花前句一杯芳酒句歸計莫匆匆叶

前後四段，俱與晏第二首前段同。

又一體五十字 張耒

含羞倚醉不成歌韻纖手掩香羅叶偎花映燭句偷傳深意句酒思入横波叶 看朱成碧心迷亂句脈脈歛雙蛾叶相見時稀隔别多叶又春盡豆奈愁何叶

《苕溪漁隱叢話》：文潛官許州，喜營妓劉氏，爲作《少年游》云云。其後去任，又爲《秋蕊香》寄意云云。元祐諸公皆有樂府，惟張僅見《風流子》及此二詞，玩其句意，不在諸公之下矣。《本事詞》：劉妓名漱奴。前段與晏第一首、歐第二首同，後段與蘇作同，但後起句平仄異，三句叶韻。一本「脈脈」上有「翻」字，「燭」字作「竹」。「迷」字，葉《譜》作「還」。「思」作去聲。

又一體五十字 李甲

江國陸郎封寄後句獨自冠群芳韻折時雪裡帶時香叶燈下面豆訝争光叶 而今不怕吹羌笛句一任更繁霜叶玳筵賞處句玉纖整後句猶勝嶺頭香叶

見《梅苑》。前段首句不起韻，三句七字，四句六字，與各家異。後段同晏第一首。

又一體五十一字

周邦彦

并刀如水句吴鹽勝雪句纖指破新橙韻錦幄初温句獸香不斷句相對坐調笙叶　低聲問向誰行宿句城上已三更叶馬滑霜濃句不如休去句直是少人行叶

張端義《貴耳録》：道君幸李師師家，偶周邦彦先在焉。知道君至，遂匿牀下。道君自攜新橙一顆云：「江南初進來」。遂與師師謔語。邦彦悉聞之，隱括成《少年游》云云。師師因歌此詞，道君問誰作，師師奏云周邦彦詞。道君大怒，宣諭蔡京：周邦彦職事廢弛，可日下令押出國門。隔一二日，復幸李師師家，不見師師。問其家，知送周監税。坐久，至更初，李始歸，愁眉淚睫，憔悴可掬。道君大怒云：「爾往那裡去」？李奏：「臣妾萬死，知周邦彦得罪，押出國門，略致一杯相别，不知官家來」。道君問曾有詞否？李奏云：「有《蘭陵王》詞」，即「柳陰直」者是也，道君云：「唱一遍看」。李奏云：「容臣妾奉一杯，歌此詞爲官家壽」。曲終，道君大喜，復召爲大晟樂正。前段與二晏同，後段與晏殊第一首同。薩都剌《小闌干》詞與此同，不另録。

又一體五十二字

吴　億

江南節物句水昏雲淡句飛雪滿前村韻千重翠嶺句一枝芳艷句迢遞寄歸人叶　壽陽妝罷句冰姿玉態句的的寫天真叶等閑風雨又紛紛句更忍向豆笛中聞叶

見《梅苑》。與晏第二首同，只結句多一字。

又一體四十九字

賦溼雲軒　　周密

松風蘭露滴崖陰韻瑶草入簾青叶玉鳳驚飛句翠蛟時舞句噴薄濺春雲叶　冰壺不受人間暑句幽碧㖏珍禽叶花外琴臺句竹邊棋墅句處處閒情叶

前後段同晏殊第一首，只末句四字少一字，草窗二首皆然，非有脱誤也。《笛譜》「處處」下多「是」字，今從《草窗詞》。

又一體四十九字

晁補之

當年攜手句是處成雙句無人不羨韻自間阻五年也句一夢擁豆嬌嬌粉面叶　柳眉輕掃句杏腮微拂句依前雙靨叶甚睡裡豆起來尋覓句卻眼前不見叶

此用仄韻，字句恐有訛誤。愚按：當於「年」字句，「夢」字讀。

小闌干四十八字

桂花　　盧祖皐

露華深釀古香醲韻一樹出雲叢叶窗間試與句閒培秋事句聊寄幽悰叶　鈎簾靜對西風晚句塵外小房櫳叶輕陰淡日句淺寒清月句想見山中叶

兩結各四字，與周密作後段同。薩都剌詞亦名《小闌干》，全與周同。自是一調，與《眼兒媚》别名《小闌干》不同。

憶少年令五十一字

康與之

雙龍燭影句千門夜色句三五宴瑶臺韻舞蝶隨香句飛蟬撲鬢句人自蕊宫來叶　太平簫鼓宸居曉句清漏玉壺催叶步輦歸時句綺羅生潤句花上月徘徊叶

見《陽春白雪》，名《憶少年令》，體格與《憶少年》全不相符。且《憶少年》從無平韻，卻與周邦彦《少年游》吻合，想是誤寫調名，或《少年游》之别名，均未可定，故附列於此。

迎春樂五十三字

長安紫陌春歸早韻嚲垂陽豆染芳草叶被啼鶯語燕催清曉叶正好夢豆頻驚覺叶　當此際青樓

臨大道叶幽會處豆兩情多少叶莫惜明珠百琲句佔取長年少叶

此調不知何人創始，想以詞意爲名。

又一體五十字

張先

城頭畫角催夕宴韻憶前時豆小樓晚叶殘虹數尺雲中斷叶愁送目豆天涯遠叶　枕清風句停畫扇叶逗鑾簹豆碧紗零亂叶怎生得伊來句今夜裡豆銀蟾滿叶

張先詞屬小石調。

前段第三句七字，比晏作少一字。後起兩三字句，結處一五一七字亦異。

又一體五十一字

柳永

近來憔悴人驚怪韻爲別相思煞叶我前生負你愁煩債叶便苦恁豆難開解叶　良夜永豆牽情無計奈叶錦被裡豆餘香猶在叶怎得依前燈下句恣意憐嬌態叶

《樂章集》屬林鐘商。元王行詞注夾鐘商。《九宫大成》入南詞商調正曲。

前段次句五字，比晏作少一字，「爲別」下《詞譜》多「後」字，似勝，正與晏作合。

又一體五十一字　　秦觀

菖蒲葉葉知多少韻惟有個豆蜂兒妙叶雨晴紅粉齊開了叶露一點豆嬌黃小叶　早是被豆曉風力暴叶更春共豆斜陽俱老叶怎得花香深處句作個蜂兒抱叶

前段與張作同，後起句七字，比晏、柳二作少一字。

又一體五十一字　　賀鑄

瓊瓊絕藝真無價韻指尖纖豆態閑暇叶幾多方寸關情話叶都付與豆弦聲寫叶　三月十三寒食夜叶映花月豆絮風臺榭叶明月待歡來句久背面豆鞦韆下叶

前段第三句，後段起句皆七字，與前異。結句一五兩三字，與張作同，或謂「久」字句，不知賀另二首，亦如此讀。

又一體五十二字　　周邦彥

清池小圃開雲屋韻結春伴豆往來熟叶憶年時縱酒杯行速叶看月上豆歸禽宿叶　牆裡修篁紛

似東叶記名字豆曾看新緑叶見説别來長句冷翠蘚豆封寒玉叶

前段同晏作，後段同賀作。

又一體四十九字

宇文叔通

寶幡彩勝堆金縷韻雙燕釵頭舞叶人間要識春來處叶天際雁豆江邊樹叶　故國鶯花又誰主叶念憔悴豆幾年羈旅叶把酒祝東風句吹取人歸去叶

《碧鷄漫志》：宇文叔通久留金國不得歸，立春日作《迎春樂》云云。前段次句五字，後結二句各五字，與各家異。

又一體五十一字

楊旡咎

新來特特更門地韻都收拾豆山和水叶看明年豆事事如意叶迎福禄豆俱來至叶　莫管明年添一歲叶儘同向豆樽前沉醉叶且共唱豆迎春樂句祝母千秋歲叶

前段第三句，上三下四字，後結二句、一六一五字，與各家異。

紅窗聽五十三字

淡薄梳妝輕結束韻天付與豆臉紅眉綠叶斷環書素傳情久句許雙飛同宿叶　一晌無端分比目韻誰知道豆風前月底句相看未足叶此心終擬句覓鸞膠重續叶

無名氏詞名《紅窗睡》。《詞律》本《汲古》以「聽」字爲誤，然柳詞亦名《紅窗聽》，並非誤寫，今從宋本。兩結句是一領四字句。「斷」字，葉《譜》作「連」，「飛」字作「雙」。「淡」、「斷」、「一」可平。「天」可仄。

又一體五十四字

柳　永

如削肌膚紅玉瑩韻舉措有豆許多端正叶二年三歲同鴛寢句表温柔心性叶　別後無非良夜永叶如何向豆名牽利役句歸期未定叶算伊心裡句卻兔人薄倖叶

《樂章集》屬仙吕宮。

無名氏一首，與此同。「舉措」上，《汲古》多一「峰」字，是衍文。

睿恩新五十五字

芙蓉一朵霜秋色韻迎曉露豆依依先拆叶似佳人豆獨立傾城句傍朱檻豆暗傳消息叶　靜對西

風脈脈叶金蕊綻豆粉紅如滴叶向蘭堂豆莫厭重新句免清夜豆微寒漸逼叶

此調只晏作二首，不解命名之義。

《詞譜》注此調近《金蓮繞鳳樓》，但前後段第三句「金蓮繞鳳樓」皆七言詩句叶韻，與此異，仍分列。「傍」、「脈」可平。「霜」、「依」、「金」、「朱」、「清」可仄。

鳳銜杯 五十六字

青蘋昨夜秋風起韻無限個豆露蓮相倚叶獨憑朱闌句愁放晴天際叶空目斷豆遥山翠叶彩箋長句錦書細叶誰信道豆兩情難寄叶可惜良辰好景歡娱地叶只憑空憔悴叶

晏共三首，亦不知命意。「山」字，一本作「天」，誤。

又一體 六十三字

柳永

有美瑶卿能染翰韻千里寄豆小詩長簡叶想初擘苔箋句旋揮翠管句紅窗畔叶漸玉箸豆銀鈎滿叶錦囊收句犀軸捲叶常珍重豆小齋吟玩叶更寶若珠璣句置之懷袖句時時看叶似頻見豆千嬌面叶

《樂章集》屬大石調。

前後第三、四句，一五、一七字，後結亦六字，比晏作多七字，「管」字恐是偶合，非叶。「苔」字，一本作「蘭」，「齋」

字，《汲古》作「齊」，誤。「看」字下，《汲古》空一格，一本有「此」字，非是，今從宋本。「染」、「里」、「翠」可平。「初」、「旋」可仄。

又一體 五十六字

留花不住怨花飛韻向南園豆情緒依依叶可惜欹紅斜白一枝枝叶經宿雨豆又離披叶　憑朱檻句把金巵叶對芳叢豆惆悵多時叶何況舊歡新恨阻心期叶滿眼是相思叶

此用平韻，字句與前首同，惟第三句不讀，是二字領起七字也。《詞律》云：《汲古》、《壽域詞》亦載此首，末句作「滿空眼是相思」。愚按：晏共三首，皆五字。「白」字，《珠玉詞》作「向」，「恨」字作「寵」，「欹」字作「倒」。

玉堂春 六十一字

帝城春暖韻御柳暗遮空苑叶海燕雙雙句拂颺簾櫳換平女伴相攜句共繞林間路句折得櫻桃插髻紅叶平　昨夜臨明微雨句新英遍舊叢叶平寶馬香車句欲傍西池看句觸處楊花滿袖風叶平

此調作者甚少，晏凡三首，句法如一。「御」可平。

漁家傲六十二字　一名綠蓑令

畫角聲中昏又曉韻時光只解催人老叶求得淺歡風日好叶齊揭調叶神仙一曲漁家傲叶　綠水悠悠天杳杳叶浮生豈得長年少叶莫惜醉來開口笑叶須信道叶人間萬事何時了叶

張先詞屬般涉調。《詞譜》注商大石調。《九宮大成》入南詞中呂宮引，與本宮正曲不同。此以前結句立名。張元幹詞有「綠蓑雨細春江渺」句，名《綠蓑令》。

《歷代詩餘》：詞家將《憶王孫》改用仄韻，後加一疊，即名此調。愚按：晏在秦前，何得襲用，自不相涉。

「角」字，葉《譜》作「鼓」。「畫」、「只」、「淺」、「揭」、「一」、「綠」、「豈」、「莫」、「信」、「萬」可平。「聲」、「時」、「求」、「神」、「悠」、「浮」、「人」可仄。

又一體六十二字

周紫芝

遇坎乘流隨分了韻鷄蟲得失能多少叶兒輩雌黄堪一笑叶堪一笑疊句鶴長鳧短從他道叶　幾度秋風吹夢到叶花姑溪上人空老叶喚取扁舟歸去好句歸去好疊句孤篷一枕秋江曉叶

明蔣氏《九宮譜目》入中呂引。《九宮大成》入北詞高大石調隻曲。

愚按：周共五首，惟此詞疊三字，其餘平仄與晏合，亦用去上韻，不知何以宮調南北互異，録俟知音審定。

又一體六十二字　　杜安世

疏雨纔收淡净天韻微雲綻處月嬋娟叶寒雁一聲人正遠换仄添幽怨叶仄那堪往事思量遍叶仄

誰道綢繆兩意堅叶平水萍風絮不相緣叶平舞聯鸞腸虚寸斷叶仄芳容變叶仄好將憔悴教伊見叶仄

前後起二句用平韻，下换仄叶，此平仄互叶體。杜别作有用拗句者，不可從。王敬之云「淡净」或「淡濘」之訛。

又一體六十二字　　杜安世

微雨初收月映雲韻巢棲燕子欲黄昏叶花片不飛風力困换仄春色盡叶仄蠟梅枝上櫻□嫩叶仄

誰撼金環鎖深洞句薰餘乍厭錦衾温叶平消減玉肌誰與問叶仄朱明近叶仄日長無事添閒悶叶仄

後起句不叶韻，餘同前作，亦平仄互叶體。空格當是「桃」字。

又一體六十六字　一名添字漁家傲　　蔡伸

烟鎖池塘秋欲暮韻細細荷香句直到雙棲處叶並枕東窗聽夜雨叶偎金縷叶雲深不見來時路叶

曉色朦朧人去住叶香覆重簾句密密聞私語叶目斷征帆歸別浦叶空凝佇叶苔痕緑映金蓮步叶

見《友古集》。前後次句各添二字，攤破作兩句，名《添字漁家傲》。《詞譜》謂近《蝶戀花》，只多兩三字句，王僧保《詞林叢著》：當名《添字蝶戀花》。其實兩不相涉，何必更改。

殢人嬌六十八字

二月春風句正是楊花滿路叶那堪更豆別離情緒叶羅巾掩淚句任粉痕沾污叶爭奈向豆千留萬留不住叶　玉酒頻傾句翠眉愁聚叶空腸斷豆寶箏弦柱叶人間後會句又不知何處叶魂夢裡豆也須時時飛去叶

《樂章集》屬林鐘商。

此調前無作者，不知何人創製。兩結或用平仄仄平平仄，或仄仄平平平仄，可不拘。楊无咎用上五下四字句，兩第五句，是一領四字句。「二」、「滿」、「那」、「粉」、「翠」、「不」可平。「堪」、「爭」、「留」、「愁」、「腸」可仄。「不」作平聲。

又一體六十四字　　毛滂

雪做屏風句花爲行幛韻屏幛裡見春模樣叶小晴未了句輕陰一晌叶酒到處豆恰如把春黏上叶

官柳黄輕句河堤緑漲叶花多處豆少停蘭槳叶雪邊花際句平蕪疊嶂叶這一段凄涼爲誰悵望叶

前段次句比晏作少二字，前後第五句各少一字，可見前兩作所多，皆襯字也。《梅苑》一首同。「悵」可平。

又一體六十七字

王庭珪

小院桃花句烟鎖幾重珠箔韻更深海棠睡著叶東風吹去句落誰家牆角叶平白地豆教人爲他情惡叶花若有情應不薄叶也須悔豆從前事錯叶而今夜雨念他玉顔飄泊叶知那裡豆人家怎生頓著叶

原本收柳永一首，與晏作同，已刪去。今檢《詞林萬選》得此。前段第三句作六字，後起句作七字，與各家異。亟爲補入，以備參考。（馬書城注）

又一體六十六字

張方仲

多少胭脂句勻成點就韻千枝亂豆殘紅堆綉叶花無長好句更光陰去驟叶對景憶豆良朋故應招手叶曾記年時句花開把酒叶任淋浪豆春衫濕透叶文園今病句問遠能來否叶卻道有豆酴醾牡丹時候叶

與晏作同，惟次句四字，與毛作同。「開」字，《詞綜補遺》作「間」，遠字一作「速」。

長生樂 七十五字

閬苑神仙平地見句碧海架蓬瀛韻洞門相向句倚金鋪微明叶處處天花撩亂句飄散歌聲叶裝真延壽句賜與流霞滿瑤觥叶　紅鸞翠節句紫鳳銀笙叶玉女雙來近句彩雲隨步句朝夕拜三清叶爲傳王母金籙句祝千歲長生叶

《宋史·樂志》：南渡典儀，賜筵樂次，其一曰《長生樂引子》。

此詞只晏二首，想是壽詞，以結句立名。「延」字，《詞律》作「筵」，今從《詞律訂》本。「玉女」二句恐有訛字，或謂「近」字是以仄叶平。《詞律訂》晏詞通首用庚青韻，「近」字則真文韻矣。有謂「彩雲」斷句，「雲」字注韻者，皆非也。鄙意「玉女」三句當作一四兩五較爲妥順。愚按：白石《鶯聲繞紅樓》詞，於「近」字注平聲，足見可通讀也。

又一體 七十五字

玉露金風月正圓韻臺榭早涼天叶畫堂嘉會句組繡列芳筵叶洞房星辰龜鶴句福壽來添叶歡聲喜色句同入金爐濃泛烟叶　清歌妙舞句急管繁弦叶榴花滿酌觥船叶人盡祝句富貴又長年叶莫教紅日西晚句留著醉神仙叶

首句起韻，後段第三句六字，叶韻。四句三字，六句六字，多一字與前異。「福壽來添」，《詞律》作「來添福壽」，今從

《詞律訂》改正。「榴花」二字，葉《譜》作「流霞」。

山亭柳七十九字

題贈歌者

家住西秦韻賭博藝隨身叶花柳上句鬥尖新叶偶學念奴聲調句有時高遏行雲叶蜀錦纏頭無數句不負辛勤叶　數年來往咸京道句殘杯冷炙漫銷魂叶衷腸事句托何人叶若有知音見採句不辭遍唱陽春叶一曲當筵落淚句重掩羅巾叶

此調作者甚少，以此首爲最先。不解立名之意。

又一體七十九字　杜安世

曉來風雨句萬花飄落韻嘆韶光句虛過卻叶芳草萋萋句映樓臺豆淡烟漠漠叶紛紛絮飛院宇句燕子過朱閣叶玉容淡妝添寂寞叶　檀郎辜願太情薄叶數歸期句絕信約叶暗恨春宵句向平康豆恣迷歡樂叶時時悶飲綠醑句甚轉轉豆思量着叶

此用仄韻，前後第五六句，兩結句，一五一六字，句法不同。「恨」字，《汲古》、《詞律》作「添」。「向」字作「恨」。今從《詞律訂》。「恣」去聲。

拂霓裳 八十三字

喜秋成韻見千門萬户樂昇平叶金風細句玉池波浪縠紋生叶宿露霑羅幕句微涼入畫屏叶張綺宴句傍薰爐豆蕙炷和新聲叶　神仙雅會句會此日句象蓬瀛叶管弦清叶旋翻紅袖學飛瓊叶光陰無暫住句歎醉有閒情叶祝辰星叶願百千豆爲壽獻瑤觥叶

唐教坊曲名。唐道調法曲有《霓裳羽》。《宋史·樂志》：女弟子舞隊第五有《拂霓裳》。《九宮大成》入南詞小石調正曲。《碧鷄漫志》：世有般涉調《拂霓裳》曲，因石曼卿所作，傳摭述開元天寶舊事。曼卿云：本是月宫之音，翻作人間之曲。近夔帥曾端伯增損其詞，爲勾遣隊口號，亦云開寶遺音。蓋二公不知此曲，自屬黄鐘商，而《拂霓裳》則般涉調也。「萬」、「蕙」可平。「千」、「風」可仄。

又一體 八十二字

笑秋天韻晚荷花綴露珠圓叶風日好句數行新雁貼寒烟叶銀簧調脆管句瓊柱撥清弦叶捧觥船叶一聲聲豆齊唱太平年叶　人生百歲句離別易句會逢難叶無事日句剩呼賓友啟新筵叶星霜催緑鬢句風露損朱顏叶惜清歡叶又何妨豆沉醉玉尊前叶

次句比前作少「見」字。「銀簧」二句平仄異。「捧觥船」句叶韻，「無事日」句不叶。「笑」字，《詞譜》作「樂」，「新」字作「芳」。

雨中花五十一字　一名送將歸

翦翠妝紅欲就韻折得清香滿袖叶一對鴛鴦眠未足句葉下長相守叶　莫傍細條尋嫩藕叶怕緑刺罥衣傷手叶可惜許月明風露好句恰在人歸後叶

王觀詞名《送將歸》。調本波唐作，見《畫墁録》，原詞未見。此首最先，録之爲式。與《雨中花慢》異。餘詳《霜葉飛》下。《詞律》以《夜行船》并爲一調，考各家分列兩名，字句互異，決非一調，仍分列。

又一體五十二字　　歐陽修

千古都門行路韻能使離歌聲苦叶送盡行人句花殘春曉句又別東君去叶　醉藉落花吹暖絮叶多少曲堤芳樹叶且攜手流連句良辰美景句留作相思處叶

前段第三、四句各四字，後段次句六字，三、四句一五一四字，與晏異。毛滂一首同。《詞律》以爲誤多或誤少，未確。「又別」句，《汲古》刻作「又到君東去」，誤。「曉」字，葉《譜》作「晚」。

又一體五十六字　　王　觀

百尺清泉聲斷續韻映瀟灑豆碧梧翠竹叶面千步回廊句重重簾幕句小枕欹寒玉叶　試展鮫綃看畫軸叶是一片瀟湘凝綠叶待玉漏穿花句銀河垂地句月上闌干曲叶

前段首句七字，次句亦七字，三句五字，後段同，與歐作異。

又一體五十字　　李之儀

王德循東齋瑞香花

點綴葉間如綉韻開傍小春時候叶莫把幽蘭容易比句都佔盡豆人間秀叶　信是眼前稀有叶消得千鐘美酒叶只有些兒堪恨處句管不似豆人長久叶

《汲古》名《雨中花令》，前段同晏作，只結句六字異。後段與前段合。

又一體五十二字　　李之儀

休把身心撋就韻著便醉人如酒叶富貴功名雖有味句畢竟因誰守叶　看取刀頭切藕叶厚薄都

隨他手叶趁取日中歸去好句莫待黄昏後叶

前後段同，兩結俱五字，與前作異。

又一體五十四字　　劉一止

惻惻輕寒吹十頃疏梅開半就韻折芳條豆嫩香滿袖叶今度何郎句尊前疑怪句花共人俱瘦叶

散酒叶高城近豆怕聽更漏叶可惜溪橋句月明風露句長是人歸後叶

前起二句各七字，後段次句亦七字，三句四字，與歐作異。

又一體五十四字　　楊无咎

漫引鶯喉早已是豆花魁柳冠韻更絕唱豆不容同伴叶畫鼓低敲句紅牙隨應句着個人勾喚叶

千樣囀叶聽過處豆幾多嬌怨叶換羽移宮句偷聲減字句不怕人腸斷叶

此同劉作，惟首句上三下四字，句法異。「怕」字《汲古》作「顧」。

雨中花令五十四字

贈胡楚草　　張先

近鬢彩鈿雲雁細韻　大雲雁小雲雁好容顏豆花枝争媚叶　花枝十二學雙燕豆同棲還並翅叶　雙燕子我合著你難分離叶　合著　這佛面前生應布施叶　金浮圖你更看蛾眉下秋水叶　眉十似賽九底豆見他三五二豆　胡草正悶裡也須歡喜叶　悶子

見鮑本《子野詞》，句法與各家全異。調名加「令」，與周紫芝《雨中花令》亦不同。原本不分段，似當於「分離」句分段。所注「大雲雁」、「小雲雁」、「金浮圖」皆是調名，想合各曲而成。然「花枝十二」、「合著」等名，從未之見，想皆逸調。此已開後世集曲之先聲矣，附列於後俟考。

六幺令九十一字　一名録要　緑腰　樂世

雪殘風信句悠颺春消息韻天涯倚樓新恨句楊柳幾絲碧叶還是南雲雁少句錦字無端的叶寶釵瑶席叶香口歌聲句拚作尊前未歸客叶　遥想疏梅此際句月底香英白叶别後誰繞前溪句手揀繁枝摘叶莫道傷高恨遠句付與臨風笛叶儘堪愁寂花時往來句更有多情故人憶叶

《唐教坊記》大曲名有《緑腰》，唐軟舞曲。《宋史·樂志》中吕調大曲名，又入南吕調，又入仙吕調。《樂章集》屬仙吕宫。《碧鷄漫志》：今《六幺》行于世者，曰黄鐘羽，即俗呼般涉調，曰夾鐘羽，即俗呼中吕調，曰林鐘羽，即俗呼高平調，曰夷則羽，即俗呼仙吕調，皆羽調也。歐陽永叔云：貪看《六幺花十八》，此曲内一疊，名花十八，前後十八拍，又四花拍，共二十二拍。樂家老流所謂花拍，蓋非正也。《九宫大成》入南詞仙吕宫正曲，此曲拍無過六字者，故名《六幺》，又入北詞黄鐘調隻曲。

《碧鷄漫志》又云：《六幺》亦名《緑腰》，一名《樂世》，一名《録要》。《唐史·吐蕃傳》奏涼州渭州雜曲，段安節《琵琶録》云：《緑腰》，本《録要》也。樂工進曲，上令録其要者。《青箱雜記》曲有《録要》者，《霓裳羽衣》之要拍也。《琵琶録》又云：貞元中，康昆侖琵琶第一手，兩市鬥樂，昆侖琚東彩樓，彈新翻羽調《緑腰》自謂無敵手矣。曲罷，市之西彩樓出一女郎抱樂器，云：「我亦彈此曲」。兼移在楓香調中，撥聲如雷雨交集，奇妙入神。昆侖悵然自失，願拜爲師。女郎更衣出，乃僧善本，俗姓段者也。亦見《樂府雜録》中。《明皇雜録》：開元中樂工李龜年善歌，製《渭州》、《六幺》，亦奏《霓裳羽衣》特承顧遇。「雪」、「倚」、「寶」、「想」、「别」、「莫」、「儘」、「來」、「更」可平。「悠」、「天」、「楊」、「還」、「香」、「歌」、「拚」、「遥」、「梅」、「花」、「多」可仄。「颭」作去聲。「幾」作平聲。

又一體九十四字

次韻劉養源賦雪　　周　密

癡雲翦葉句簷滴夜深悄韻銀城飛捷翠壠句占祥豐年報叶白戰清吟未了叶寒鵲驚枝曉叶鶴迷翠表叶山陰醉卧句今日何人問安道叶　交映虚窗淨沼叶不許游塵到叶誰念絮帽茸裘句嘆幼安今老叶玉聯修眉未掃叶白雪詞新草叶冰蟾光皎叶梅心香動句閑看春風上瓊島叶

前後段第五句及换頭句，皆叶韻，周二首和韻同。「祥」字别首用仄，此用平，當誤，勿從。

繞池游七十二字

漸春工巧句玉漏花深寒淺韻韶景變句融晴蕙風暖叶都門十二句三五銀蟾光滿叶瑞烟葱蒨句禁城閬苑叶　棚山雉扇叶絳蠟交輝星漢叶神仙籍句梨園奏弦管叶都人游玩句萬井山呼歡抃叶歲歲天仗句願瞻鳳輦叶

蔣氏《九宮譜目》注雙調。《九宮大成》入南詞商調引。

「池」一作「地」。見《樂府雅詞》本，《詞律》失收。各本皆無名氏，《珠玉詞》不載。兩起句，句法異。「禁」、「閬」、「願」、「鳳」四字仄聲，「變」字、「蒨」字非叶韻。第二「歲」字，應作平聲，疑誤。

夏日宴黌堂九十八字

日初長韻正園林換葉句瓜李浮香叶簾外雨過句送一霎微涼叶蘋蕪逕曲凝珠顆句襯沙汀豆細簇蜂房叶被晚風輕颭句圓荷翻水句潑覺鴛鴦叶　此景最難忘叶趁芳樽泛蟻句筠簟鋪湘叶蘭舟棹穩句倚何處垂楊叶豈能文字成狂飲句更紅裙豆間也何妨叶任醉歸明月句蝦鬚簾捲句幾綫微霜叶

《九宮大成》入南詞小石調正曲。

詞見《樂府雅詞》，詠本意爲名。各譜皆無名氏，一本爲同叔作，《珠玉詞》不載。玩辭意不類，姑繫於後俟考。前後第二、五、八句，皆一領四字句。「浮」字，一作「飄」，「颭」字作「颺」，「微」字作「餘」。「外」字宜用平。葉《譜》前

「萍」字作「平」，「沙」字作「莎」，「更」字作「便」。

玉樓人 五十五字

去年尋處曾持酒韻又還是豆南枝見後叶宜霜宜雪精神句没些兒豆風味減舊叶　先春似與群芳鬥叶度暗香豆不待頻嗅叶有人笑折歸來句玉纖長豆儘露羅袖叶

《九宫大成》入北詞高吕隻曲。

《珠玉詞》不載，《梅苑》作無名氏，少「又」字，「度暗香」作「暗香味」。「羅袖」，一本作「衫袖」。《詞律》失收此調。

「味」字、「露」字，宜用去聲。

憶人人 五十五字

密傳春信句微裝曉艷韻淡泞香苞欲綻叶臨風雖未吐芳心句奈暗露豆盈盈粉面叶　何人月下句一聲長笛句即是飛英凌亂叶憑闌無惜賞芳姿句更莫待豆傾筐已滿叶

《梅苑》收此，凡二首，疊韻。《詞譜》爲《鵲橋仙》别名，然各立主名，無他作可證。《珠玉詞》、《詞律》皆不載。一本缺「凌」字，「無」字作「莫」，誤。「密」、「曉」、「淡」、「粉」、「月」、「一」可平。「春」、「盈」、「憑」可仄。

滿江紅九十四字 一名上江虹

退寓南都　　杜衍

無名無利句無榮無辱句無煩無惱韻夜窗前豆獨歌獨酌句獨吟獨笑叶又值群山初雪後句又兼明月交光好叶便假饒豆百歲擬如何句從他老叶　知富貴句誰能保叶知功業句何時了叶算簞瓢金玉句所爭多少叶一瞬光陰何足道句但思行樂終須早叶待春來豆攜酒殢東風句眠芳草叶

唐教坊曲名。高拭詞注南吕調。《古今詞譜》：《滿江紅》，仙吕宫曲。《教坊記》有此名。《九宫大成》入北詞仙吕調隻曲。又名《滿江紅急》、《滿江紅尾》，入南詞正宫正曲。與南吕宫引不同。

朱度餘《冥音録》：廬江尉李侃有外婦崔氏，性酷嗜音。有女弟茝奴善鼓箏，未嫁而卒。二女幼傳其藝，終莫究其妙，每心念其姨。開成五年四月三日，因夜夢寐，謂其母曰：向者夢姨執手泣曰：「我自辭人世，在陰司簿屬教坊，汝之情懇，我乃知也」。翌日乃灑掃一室，仿佛如有所見，因執箏就坐，閉目彈之，隨指有得，一日獲十曲，其六曰《上江虹》，注正商調二十八疊。（節録）《歷代詩餘》：《冥音録》云：名《上江虹》，後轉易二字得今名。韻必平仄獨用，不可兼用，若換頭互用韻者，非。

此用上聲韻，惟「笑」字去聲。《歷代詩餘》所云，不知何據。起三句各四句，與各家不同，僅見此首。凡三字句，各家平仄參差，可不拘。惟兩結用平平仄，間有異者，即失音律。觀姜詞原題，可見詞之宫調在是，勿誤。

又一體九十三字

初春　張先

飄盡寒梅句笑粉蝶豆游蜂未覺韻漸迤邐水明山秀句暖生簾幕叶過雨小桃紅未透句舞烟新柳青猶弱叶記畫橋豆深處水邊亭句曾偷約叶　多少恨句今猶昨叶愁和悶句都忘卻叶拼從前爛醉句被花迷着叶晴鴿試翎風力軟句雛鶯弄舌春寒薄叶但只愁豆錦綉鬧妝時句東風惡叶

《樂章集》屬仙吕宫。

此用入聲韻，宋人填此體者最多，是爲正格。

「翎」字，一作「鈴」，「鬧」字作「門」，今從鮑本。「笑」、「粉」、「迤」、「水」、「過」、「小」、「舞」、「畫」、「少」、「爛」可平。「飄」、「新」、「深」、「和」、「從」可仄。

又一體九十一字

柳永

匹馬驅驅句搖征轡豆溪邊谷畔韻望斜日西照句漸沉山半叶兩兩棲禽歸去急句對人相並聲相喚叶似笑我豆獨自向長途句離魂亂叶　中心事句多嗟惋叶人獨宿句前村館叶想鴛衾今夜句共他誰暖叶惟有枕前相思淚句背燈彈了依前滿叶怎忘得豆香閣共伊時句嫌更短叶

《樂章集》屬中吕調。

此體《汲古》未載。前段第三句比各家少二字，葉夢得、吕渭老皆有此體。

又一體九十七字　　柳永

萬恨千愁句將年少豆衷腸牽繫韻殘夢斷豆酒醒孤館句夜長滋味叶可惜許豆枕前多少意叶到如今豆兩總無終始叶獨自個豆贏得不成眠句成憔悴叶　添傷感句將何計叶空只恁句厭厭地叶無人處思量句幾度垂淚叶不會得豆都來些子事叶甚恁底豆抵死難拚棄叶待到頭豆終久問伊看句如何是叶

《樂章集》屬仙吕宫。

此用去聲韻，然「始」字、「是」字皆上聲。兩段七字句俱作八字，皆叶韻，此體只此一首。《汲古》缺「將」字、「抵」字。又「看」字作「著」，「著」字可讀作平，今據宋本訂正。

又一體九十四字　　蘇軾

董義夫名鉞，自倅漕得罪，歸鄱陽。過東坡於齊安，怪其豐暇自得，曰：「吾再娶得柳氏，三日而去官，吾固不戚戚而憂柳氏不能忘懷於進退也。已而欣然同憂患，如處富貴，吾是以益安焉」。乃令家僮歌其所作《滿江紅》。東坡嗟歎之，次其韻。

憂喜相尋句風雨過豆一江春緑叶巫峽夢豆至今空有句亂山屏簇叶何似伯鸞攜德曜句簞瓢未擬清歡足叶漸燦然豆光彩照階庭句生蘭玉叶　幽夢裡句傳心曲叶腸斷處句憑他續叶文君婿知否句笑君卑辱叶君不見豆周南歌漢廣句天教夫子休喬木叶便相將豆左手抱琴書句雲間宿叶

後段第七句八字與各家異。《詞律》謂無此體，不知東坡詞二首皆如此。愚按：此等處意到筆隨，偶增一二襯字以暢其意，歌時常腔即過，無礙宮調，詞固不得以字數計較也。今之作者宮調不明，必按譜填腔，專依某體爲據，不可任意增損，致蹈杜撰之譏。

又一體九十四字

趙　鼎

慘結秋陰句西風送豆絲絲雨濕韻凝望眼豆征鴻幾字句暮投沙磧叶欲向鄉關何處是句水雲浩蕩連南北叶但修眉豆一抹有無中句遥山色叶　天涯路句江上客叶腸已斷句頭應白叶空搔首興嘆句暮年離隔叶欲待忘憂除是酒句奈酒行有盡愁無極叶便挽將豆江水入尊罍句澆胸臆叶

後段第八句八字，比各家多一字，「奈」字是襯字也。李昂英一首與此同。《詞律》不收此體。

又一體九十字　　程垓

葺屋爲舟句身便是豆烟波釣客韻況人間原似句泛家浮宅叶秋晚雨聲篷背穩句夜深月影窗櫺白叶滿船詩酒滿船書句隨宜索叶　也不怕句雲濤隔叶也不怕句風帆側叶但獨醒還睡句自歌還歇叶卧後從教鰍鱔舞句醉來一任乾坤窄叶恐有時豆撑向大江頭句占風色叶

前段第三句五字與柳第一首同，七句七字少一字，與各家異。

又一體八十九字　　呂渭老

晚浴新凉句風蒲亂豆松梢見月韻庭陰盡句暮蟬啼歇叶螢繞井闌簾入燕句荷香蘭氣供摇箑叶賴晚來豆一雨洗浮塵句無些熱叶　心下事句峰重疊叶人甚處句星明滅叶想行雲應在句鳳凰城闕叶曾約佳期同菊蕊句當時共指燈花説叶據眼前豆何日是西風句凉吹葉叶

前段第三句三字比各家少四字。「浮」字，《汲古》、《詞律》作「游」，「峰」字作「蜂」，誤。

又一體 九十三字

自豫章阻風吴城山作　　張元幹

春水連天句桃花浪豆幾番風惡叶雲乍起豆遠山遮盡句曉風還惡叶綠遍芳洲生杜若叶楚帆帶雨烟中落叶傍向來豆沙嘴共停橈句傷漂泊叶　寒猶在句衾偏薄叶腸欲斷句愁難著叶倚篷窗無寐句引杯孤酌叶寒食清明都過卻叶最憐輕負年時約叶想小樓豆終日望歸舟句人如削叶

《草堂》原題作《春暮》，爲周美成作，均誤，今從《汲古》本。

前段第五句，後段七句皆叶韻，與柳同。「卻」字，《草堂》作「了」，程珌一首同。

又一體 九十四字

暮春　　辛棄疾

點火櫻桃句照一架豆荼蘼如雪韻春正好豆見龍孫穿破句紫苔穿壁叶乳燕引雛飛力弱句流鶯喚友嬌聲怯叶問春歸豆不肯帶愁歸句腸千結叶　層樓望句春山疊叶家何在句烟波隔叶把古今遺恨句向他誰說叶蝴蝶不傳千里夢句子規叫斷三更月叶聽聲聲豆枕上勸人歸句歸難得叶

前段第三句比各家多一字。《詞律》亦未收。

又一體九十五字　吳淵

投老未歸句太倉粟豆尚教蠶食叶家山夢秋江漁唱句晚峰牛笛叶別墅風流慚莫繼句新亭老淚空成滴叶笑當年豆君作主人翁句今爲客叶　紫燕泊句猶如昔叶青鬢改句難重覓叶記攜手同游此處句恍如前日叶且更開懷成樂事句可憐過眼成陳迹叶把憂邊豆憂國許多愁句權拋擲叶

後段第五句七字比各家多二字。《詞律》亦未收。

又一體九十五字　姜夔

《滿江紅》舊調用仄韻，多不諧律。如末句云「無心撲」三字，歌者將「心」字融入去聲，方諧音律，予欲以平韻爲之，久不能成。因泛巢湖，聞遠岸簫鼓聲，問之舟師，云：「居人爲此湖神姥壽也」。予因祝曰：「得一席風徑至居巢，當以平韻《滿江紅》爲迎送神曲」。言訖，風與筆俱駛，頃刻而成。末句云：「聞佩環」，則協律矣。書以綠箋，沉於白浪，辛亥正月晦也。是歲六月，復過祠下，因刻之柱間。有客來自居巢云：「土人祠姥，輒能歌此詞」。按曹操至濡須口，孫權遺操書曰：「春水方生，公宜速去」。操曰：「孫權不欺孤」。乃徹軍還。濡須口與東關相近，江湖水之所出入。予意春水方生，必有司之者，故歸其功于姥云。

仙姥來時句正一望豆千頃翠瀾韻旌旗共亂雲俱下句依約前山叶命駕群龍金作軛句相從諸娣玉爲冠叶　廟中列坐如夫人者十三人　向夜深豆風定悄無人句聞佩環叶　神奇處句君試看叶奠淮右句阻江南叶遣六丁雷電句別守東關叶卻笑英雄無好手句一篙春水走曹瞞叶又怎知豆人在小紅樓句簾影間叶

此用平韻，「翠」字必去聲，兩結字必平仄平，不可移易，説詳原題。「夜」、「奠」可平。「旗」、「風」、「奇」，「人」可仄。《古今詞譜》云：彭芳遠有平韻詞。愚按：彭乃元人，姜作在前，改用平韻實始於姜，此原題不可不録也。此調四聲各押，不知何人創製。今以杜、張、柳、姜四首爲式，餘皆變體。宋以後填入聲者多。

霜天曉角 四十三字　一名踏月　長橋月　月當窗　梅花令

梅花　林逋

冰清霜潔韻昨天梅花發叶甚處玉龍三弄句聲搖動豆枝頭月叶　夢絶金獸爇叶曉寒蘭燼滅叶更捲珠簾清賞句且莫掃豆階前雪叶

元高拭詞注越調，《九宮大成》入南詞越調引。

程垓詞有「須共踏夜深月」句，名《踏月》。張輯詞有「一片月當窗白」句，名《月當窗》。《詞律》及各譜作毛滂，誤。吳禮之詞有「長橋月」句，名《長橋月》。《歷代詩餘》名《梅花令》。《古今詞話》：林君復結廬孤山二十年，足不及城市。真宗賜以束帛，詔長吏歲時存問。有詠梅《霜天曉角》詞。周密《癸辛雜識》嘗記淳熙間，王氏子與陶女名師兒，共溺西湖，有人作《長橋月》、《短橋月》正其事也。黃昇《花庵詞選》作吴禮之賦《霜天曉角》弔之，與林作同，故不另録。「昨」、「甚」、「玉」、「曉」、「更」、「且」可平。「冰」、「霜」可仄。

又一體 四十三字

三衢道中　　趙師俠

雨餘風勁韻霧重千山暝叶茅舍寒林相映叶分明是豆畫圖景叶　去程何日定叶天遠長安近叶喚起新愁無盡叶全没個豆故園信叶

前後第三句皆叶韻，換頭第二字不叶，與前異。「畫」字、「故」字，以後各家皆用仄。「舍」字一本作「屋」，「全」字作「今」，誤。

又一體 四十四字　　程垓

玉清水樣潔韻幾夜相思切叶誰料濃雲遮涌句同心帶豆甚時結叶　匆匆休惜別叶還有來時節叶記取江陰歸路句須共踏豆夜深月叶

一本爲趙長卿作，今從《汲古》。

起句五字比前多一字。「涌」字《汲古》作「擁」。

又一體 四十四字

程垓

幾夜鎖窗揭韻素蟾光似雪叶恰恨照人欹枕句紗廚爽豆冰簟滑叶　迤邐篆香裊叶好懷誰共說叶若是知人風味句來分付豆半牀月叶

與前作同，平仄均異。

又一體 四十四字

吴文英

烟林退葉紅句偶藉游人屧韻十里秋聲松路句嵐雲重豆翠濤涉叶　竚立閒素箑叶畫屏羅帳疊叶明月雙成歸去句天風裡豆鳳笙浹叶

首句不起韻，後起二句與程作同。

又一體四十一字　趙希彭

嫦娥戲劇韻手種長生粒叶寶幹婆娑句千古飄芳句吹滿虛碧叶　韻色叶檀露滴叶人間秋第一叶金粟如來境界句誰移在豆小亭側叶

見《陽春白雪》。前段第三、四、五句各四字，破句法也。餘同林作。

又一體四十四字　趙長卿

霜夜小酌

閣兒幽寂處句圍爐向小窗韻好似鬥頭兒坐句梅烟炷豆返魂香叶　對火怯夜冷句猛飲消漏長叶飲罷且須自臥句斜月照豆滿林霜叶

此用平韻，兩起句俱不用韻。「寂」字，《汲古》作「静」，「向」字作「面」，「似」字作「是」，「須自臥」三字作「收拾睡」，「林」字作「簾」，今據《詞律訂》改正。一作趙君舉，或作趙彦端。

又一體四十三字　黄機

玉粲冰寒韻月痕侵畫闌叶客裡安愁無地句爲徙倚豆到更殘叶　問花花不語句嗅香香欲闌叶

消得個温存處句山六曲豆翠屏間叶

亦用平韻，與林作只换頭句不叶韻。

又一體四十三字

梅　　樓槃

月淡風輕韻黄昏未足清叶吟到十分清處句也不啻豆二三更叶　晚鐘天未明叶曉霜人未行叶

只有城頭殘角句説得盡豆我平生叶

與黄作同，惟换頭句多叶一韻，同林作。

又一體四十三字

蔣捷

人影窗紗韻是誰來折花叶折則從他折去句知折去豆向誰家叶　檐牙叶枝最佳叶折時高折些叶

説與折花人道句須插向豆鬢邊斜叶

此與樓作全同，但换頭二字，多叶一韻。

滴滴金五十字

李遵勗

帝城五夜宴游歇韻殘燈外豆看殘月叶都來猶在醉鄉中句聽更漏初徹叶　行樂已成閑話說叶如春夢豆覺時節叶大家同約探春行句問甚花先發叶

《九宮大成》入南詞雙角隻曲，一名《甜水令》又入南詞黄鐘宫引，與本宫正曲不同。蔣氏《九宫譜目》又入黄鐘宫。《能改齋漫録》：此李駙馬正月十九所撰詞也。京師上元初，放燈只三夕，時錢氏納土進錢買兩夜，其後十七、十八兩夜燈，因錢氏而添，故云「五夜」。

《樂府雅詞》名《燕歸梁》，左譽作，全誤。

兩結句是一領四句法，勿誤。

又一體五十字

晏　殊

梅花漏洩春消息韻柳絲長豆草芽碧叶不覺星霜鬢邊白叶念時光堪惜叶　蘭堂把酒留嘉客叶對離筵豆駐行色叶千里音塵便疏隔叶合有人相憶叶

前後第三句皆叶韻，及换頭句平仄均異。

又一體五十字　楊无咎

相逢未盡論心素韻早容易豆背人去叶憶得歌翻腸斷句叶更悍悍言語叶　萋萋芳草迷南浦叶正風吹豆打船雨叶靜聽愁聲夜無眠句到水村何處叶

與晏作同，惟後段第三句用平，不叶韻。趙彥端一首於前段第三句亦用平，正與此後段同。

又一體五十一字　孫道絢

月光飛入林前屋韻風策策豆度庭竹叶夜半江城擊柝聲句動寒梢棲宿叶　等閑老去年華促叶祇有江梅伴幽獨叶夢繞夷門舊家山句恨驚回難續叶

後段次句七字與各家異。餘同李作，平仄亦不合。

憶漢月五十二字　或作望海月

黃菊一叢臨砌韻顆顆露珠裝綴叶獨冷落教向秋天句恨東風豆不曾留意叶　雕闌新雨霽叶綠

蘚上豆亂鋪金蕊叶此花開後更無花句願愛惜豆莫同桃李叶

唐教坊曲名《憶漢月》。《九宮大成》入北詞平調隻曲。歐陽修詞亦名《憶漢月》。《能改齋漫録》：李文和公作詠菊《望海月》詞，一時稱美。公鎮澶淵，寄劉子儀書云：澶淵營妓有一二擅喉塵之聲者，惟以「此花開後更無花」爲酒鄉之資也。愚按：各本俱無作《望海月》者，「海」字或是傳寫之訛。

又一體五十字　晏殊

千縷萬條堪結韻占斷好風良月叶謝娘春晚已多愁句更撩亂絮如雪叶　短亭相送處句長憶得豆醉中攀折叶年年歲歲好時節句怎奈有人離別叶

兩結各六字，後起句不叶韻，與李作異。「節」字，各家皆用平，是以入作平，非叶韻。前結句歐陽修作「故惹蜂憐蝶惱」，與後同。

又一體五十一字　柳永

明月明月明月韻爭奈乍圓還缺叶恰如年少洞房人句暫歡會豆依前離別叶　小樓憑檻處句正是去年時節叶千里清光又依舊句奈夜永豆厭厭人絕叶

《樂章集》屬平調。

後段起句亦不叶韻，次句六字比前少一字，餘同李作。第二「月」字作入。「爭奈」二字，《汲古》作「何事」。「缺」、「暫」字，據宋本訂正。

夜行船五十五字　一名夜厭厭　明月棹孤舟　　謝絳

昨夜佳期初共韻鬢雲低豆翠翹金鳳叶尊前和笑不成歌句意偷傳豆眼波微送叶　草草不容成楚夢叶漸寒深豆翠簾霜重叶相看送到斷腸時句月西斜豆畫樓鐘動叶

《太平樂府》、《中原音韻》、高拭詞俱注雙調。《九宮大成》入南詞仙呂宮引。又《夜行船》序入南詞雙調正曲。古樂府有《夜航船》，考舊說自黃在軒始，在軒名公紹，南宋人，與謝、歐相去二百餘年，何得謂之創始？此不考時代之過也。又云《明月棹孤舟》調與此相近，是以「明月」代「夜」字，「棹」代「行」字，「孤舟」代「船」字也。《詞律》以爲即《雨中花令》。愚按：《雨中花》、《夜行船》體格俱多，最易參錯，以致寫刻訛誤。《花草粹編》以兩結五字句者爲《雨中花》。兩結六字、七字句者爲《夜行船》。但趙長卿二首兩結亦五字，各集中皆明分兩調，決非一調異名，宜分列。此首又見《子野詞》。「和」字，鮑本作「含」，「傳」字作「期」，「草草不」三字作「峽雨豈」，「漸」字作「夜」，「送」字作「還」。

又一體五十八字　　歐陽修

憶昔西都歡縱韻自別後豆有誰能共叶伊川山水洛川花句細尋思豆舊游如夢叶　記今日相逢

情愈重叶愁聞唱豆畫樓鐘動叶白髮天涯逢此景句倒金尊豆殢誰相送叶

全同謝作，唯换頭句多一「記」字，是襯字也。《六一詞》此調二首，其一與謝同，只後第三句平仄異，與此同。

又一體 五十五字

孫浩然

何處採菱歸暮韻隔宵烟豆菱歌輕舉叶白蘋風浸月華寒句影朦朧豆半和梅雨豆脈脈相逢心似許叶扶蘭棹豆黯然凝竚叶遥指前村隱隱句烟樹含情句背人歸去叶

後結一六兩四字句，平仄亦異。

又一體 五十三字

趙長卿

龜甲爐烟輕裊韻簾櫳静豆乳鶯啼曉叶拂掠新妝句時宜頭面句綉草冠兒小叶衫子揉藍初着了叶身材稱豆就中恰好叶手捻雙紈句菱花重照句帶朵宜男草叶

《歷代詩餘》與《雨中花》迥別，此本調之正格也。愚按：趙作三首，只此首與歐作《雨中花》差同，而兩次句各多一字，亦非全合，不得以一首略同，遂使全調合并也。兩結兩四一五字句，與謝、歐作俱異。

又一體五十二字

送胡彥直歸槐溪　　趙長卿

淚眼江頭看錦樹韻別離又還秋暮叶細水浮輕風冉冉句穩送扁舟去叶　歸去江山應得助叶新詩定須多賦叶有雁南來句槐溪千萬句寄我驚人句叶

兩起句七字，次句六字，與前異。「有雁」句，《詞律》脱落二字。

又一體五十八字

送張希舜歸南城　　趙長卿

緑蓋紅幢籠碧水韻魚跳處豆浪痕勻碎叶惜別殷勤句留連無計句歌聲與淚和柔脆叶　一葉扁舟烟浪裡叶曲灘頭豆此情無際叶窈窕眉山句暮霞紅處句雨雲想翠峰十二叶

兩次句、兩結句俱七字，與前二作又異，此與劉一止《雨中花》相仿，只兩結各多二字。趙又一首與劉全合。「和」字，葉《譜》作「珠」。

又一體五十六字

初夏遠思　　趙長卿

綠鎖窗紗梧葉底韻麥秋時豆曉寒慵起叶宿酒懨懨句殘香冉冉句渾似那時天氣叶　別日不堪頻屈指叶回頭早豆一年不啻叶搔首無言句闌干十二句倚了又還重倚叶

《汲古》名《雨中花令》，誤。

兩結各六字，又一變體也。高觀國、吳文英亦有此體。

又一體五十六字

楊无咎

夾岸綺羅歡聚韻看喧喧豆彩舟來去叶晴放湖光句雨添山色句誰識總相宜處叶　輸與騷人句卻知勝趣叶醉臨流豆戲評坡句叶若把西湖比西子句這東湖似東鄰女叶

後起兩四字句，結處兩七字句，與各家全異。又變一格。

又一體五十三字

越上作　　　　邱宻

水滿平湖香滿路韻繞重城豆藕花無數叶小艇紅妝句疏簾青蓋句烟柳畫橋斜渡叶　　恣樂追涼忘日暮叶簫鼓月明人去叶猶有清歌迢遞叶聲在芰荷深處叶

後段一七三六字句與各家異，餘同趙第四首。

又一體五十八字　　　　王嵎

曲水湔裙三月二韻馬如龍豆鈿車如水叶風颺游絲句日烘晴晝句人共海棠俱醉叶　　客裡光陰難可意叶掃芳塵豆舊游誰記叶午夢醒來句不覺小窗人静句春在賣花聲裡叶

此與趙第四首同，惟多「不覺」二字。

愚按：此調體格極多，以趙一人而兼數體，且與《雨中花》相犯，想是調名訛寫，以致後人疑爲一調異名。詞調中似此者甚多，不獨此二調相混也，備録俟考。

夜厭厭五十五字　　張先

昨夜小筵歡縱韻燭房深豆舞鸞歌鳳叶酒迷花困共厭厭句倚朱弦未成歸弄叶　峽雨忽收尋斷夢叶依前是豆畫樓鐘動叶争拂雕鞍匆匆去句萬千恨豆不能相送叶

《子野詞》屬小石調。見知不足齋本，實與謝作無異。自是取詞句另立新名，決是一調。惟後段第三句平仄略異。張又一首即是謝作，究不知應屬誰作。

明月棹孤舟五十六字

贈妓周三五　　楊无咎

寶髻雙垂烟縷縷韻年紀小豆未周三五叶壓衆精神句出群標格句偏向衆中翘楚叶　記得譙門初見處叶禁不定豆亂紅飛去叶掌托鞋兒句肩拖裙子句悔不做閒男女叶

《古今詞話》楊補之有《贈妓周三五》詞，調寄《明月棹孤舟》云云。補之在高宗朝累徵不起，自號清夸長者，而詞之絕如此。此與趙第四首悉同，的是一調。

蘇幕遮 六十二字　一名鬢雲鬆　或加令字

范仲淹

碧雲天句紅葉地韻秋色連波句波上含烟翠叶山映斜陽天接水叶芳草無情句更在斜陽外叶黯鄉愁句追旅思叶夜夜除非句好夢留人睡叶明月樓高休獨倚叶酒入愁腸句化作相思淚叶

唐教坊曲名。金詞注般涉調。《九宮大成》入北詞黄鐘調隻曲。《歷代詩餘》：本西域國婦人油帽飾。《唐書》：中宗神龍二年，并州清源縣尉吕元泰上言：比見坊邑相率爲渾脱駿馬胡服，名曰《蘇幕遮》。張説有《蘇幕遮》詩云。是海西歌舞，蓋本其國舞人之飾，後隸教坊，因以名詞調也。

此調以此首爲最先，周邦彦詞句首句「鬢雲鬆」，故又名《鬢雲鬆》。「紅」字，葉《譜》作「黄」。「夜」、「好」、「酒」可平。「秋」、「波」、「山」、「明」可仄。「思」作去聲。

剔銀燈 七十八字

昨夜因看蜀志韻笑曹操孫權劉備叶用盡機關句徒勞心力句只得三分天地叶屈指細尋思句争如共豆劉伶一醉叶　人世都無百歲叶少癡騃豆老成尩瘁叶只有中間句些子少年句忍把浮名牽繫叶一品與千金句問白髮豆如何回避叶

《中吴紀聞》：范文正與歐陽文忠席上分題作《剔銀燈》，皆寓勸世之意。

舊説此調毛滂自製，以「頻剔銀燈」句立名。今考范、沈、柳諸作皆在毛滂數十年前，非毛創製，觀《中吴紀聞》所載亦非范製，似是舊調。然前無作者，姑按時代叙列，以俟考證。

通體用去聲韻，想宫調當如是耳。

又一體 七十六字　　沈子山

一夜隋河風勁韻霜混水天如鏡叶古柳堤長句寒烟不起句波上月無流影叶那堪頻聽叶疏星外豆離鴻相應叶　須信道豆情多是病叶酒未到豆愁腸還醒叶數疊羅衾句餘香未減句甚時鴛枕重並叶教伊須更叶將蘭約豆見時先定叶

《能改齋漫録》：宿州妓張玉姐，字温卿，色藝冠一時。沈子山爲獄椽，最所鐘愛。罷官，途次南京，念之不忘，爲《剔銀燈》一闋。其後明道中張子野、黄子思相繼爲掾，尤賞之。偶陳師之求古以光禄卿來掌榷酤，温卿遂托其家，僅二年而亡，纔十九歲。子思以詩吊之云：「人生第一莫多情，眼看仙花結不成。爲報兩京纔子道，好將詩句吊温卿」。《古今詞話》、《詞綜》皆作波子山。愚按：此時有波唐，《樂府雅詞》作沈唐，想因波姓生僻傳寫誤改。具在同時，當即其人，亦未可知。詳見《霜葉飛》下。

前段次句六字，前後第六句皆四字叶韻。後起句七字與范作異。「堤長」二字，《古今詞話》作「長堤」，「無流」二字作「流無」，「頻」字作「頼」，又缺「道」字、「未」字。

「教伊」句或於「須」字讀，其實「更」字叶韻，此處略逗正與前段合。「鴛枕」，葉《譜》作「枕鴛」，「蘭約見時先定」六字作「盟誓後約言定」。

又一體七十五字

柳永

何事春工用意韻繡畫出豆萬紅千翠叶艷杏夭桃句垂楊芳草句各鬥雨膏烟膩叶如斯佳致叶早晚是豆讀書天氣叶　漸漸園林明媚叶便好安排歡計叶論檻買花句盈車載酒句百琲千金邀妓叶何妨沉醉叶有人伴豆日高春睡叶

《樂章集》屬仙吕宫，金詞注仙吕調，高拭詞注中吕宫，蔣氏《九宫譜》屬中吕調，名《剔銀燈引》。亦用去聲韻，與范作同。後段次句六字，比范、沈兩作少一字。兩第六句亦四字叶韻，與沈作同。宋人皆如此。「買」字當用平，是以上作平。「檻」字，《汲古》作「籃」，今從宋本。

又一體七十五字

同公素賦侑歌者以七疾拍七拜勸酒

毛滂

簾外風光自足韻春到席間屏曲叶瑶瓮酥融句羽觴蟻鬥句花映霅湖寒渌叶淚羅愁獨叶又何似豆紅圍翠簇叶　聚散悲歡箭速叶不易一杯相屬叶頻剔銀燈句别聽牙板句尚有龍膏堪續叶羅熏繡馥叶錦瑟畔豆低迷醉玉叶

《九宫大成》入南詞中吕宫引，與本宫正曲不同。此與沈作字句悉合，惟用入聲韻，宫調不同，故備録。

愚按：詞之宮調，全在起調畢曲，即起韻結韻也。范、柳兩作，用去聲韻，屬仙呂宮。此詞用入聲，屬中呂宮，判然有別。《桂枝香》一調，王安石用入聲韻，入北曲，張輯用去上韻，入南曲。凡仄韻詞比比皆然。填詞家當從始製之詞押韻，自能協律，改用韻腳，即犯別宮，勿徒斤斤於字數也。舊説以此調爲毛自製，玩原題同公素賦或公素所製。考公素即孫會宗，亦在范後。「自」、「翠」、「箭」、「醉」四字必去聲，勿誤。「春」字下，《詞律》有「忽」字，今據《花草粹編》本。「淚」字，葉《譜》作「泪」，誤。

又一體七十五字　杜安世

好事争如不遇韻可惜許豆多情相誤叶月下風前句偷期竊會句共把衷腸分付叶尤雲殢雨叶正繾綣豆朝朝暮暮叶　無奈別離情緒叶和酒病豆雙眉長聚叶往事淒涼句佳音迢遞句似此因緣誰做叶洞雲深處叶暗回首豆落花飛絮叶

兩次句各七字與范作同，兩第六句各四字與沈、柳作同。

又一體七十五字　杜安世

夜永衾寒夢覺韻翠屏共豆綉幃燈照叶就枕思量句離多會少句孤負小歡輕笑叶風流争表叶空惹盡豆一生煩惱叶　寫遍香箋句分剖鱗翼句路遥難到叶淚眼愁腸句朝朝暮暮句去便不知音耗叶

終須拚了叶別選個豆如伊才調叶

後起三句各四字，與前作異。

御街行 七十八字　一名孤雁兒

紛紛墜葉飄香砌韻夜寂靜句寒聲碎叶真珠簾捲玉樓空句天淡銀河垂地叶年年今夜句月華如練句長是人千里叶　愁腸已斷無由醉叶酒未到句先成淚叶殘燈明滅枕頭欹句諳盡孤眠滋味叶都來此事句眉間心上句無計相回避叶

《九宮大成》入北詞雙角隻曲。

程垓詞名《孤雁兒》。《梅苑》：「街」作「階」。

宋人多從此體。「夜」、「月」、「已」、「未」、「此」可平。「紛」、「真」、「天」、「銀」、「年」、「長」、「愁」、「殘」、「明」、「諳」、「孤」、「都」、「眉」、「心」「無」可仄。

又一體 七十七字

張先

夭非花豔輕非霧韻來夜半句天明去叶來如春夢不多時句去似朝雲何處叶遠鷄棲燕句落星沉月句紞紞城頭鼓叶　參差漸辨西池樹叶珠閣斜開户叶綠苔深徑少人行句苔上屐痕無數叶餘

香遺粉句剩衾閒枕句天把多情付叶

此詞《安陸集》未載。一本爲歐陽修作。《詞品》：白樂天《花非花》詞。蓋其自度之曲，因情生文，雖高唐、洛神奇麗不及也。張子野衍之爲《御街行》，亦有出藍之色。愚按：前四句衍其詞意，並非衍爲調體也。後段次句五字，比范作少一字。「何處」二字，一作「無覓處」，「落星沉月」四字作「落月沉星」，「餘香」二句作「殘香餘粉，閒衾剩枕」。

又一體七十六字

聖壽　柳永

燔柴烟斷星河曙韻寶輦回天步叶端門羽衛簇雕闌句六樂舜韶先舉句鶴書飛下句鷄竿高聳叶恩霈均寰寓句　赤霜袍爛飄香霧叶喜色成春煦叶九儀三事仰天顏句八彩旋生眉宇叶椿齡無盡句蘿圖有慶句常作乾坤主叶

《樂章集》屬雙調，張先詞亦屬雙調。前後段次句俱五字，晏幾道亦有此體。北宋人多用之。「霈」字，《汲古》、《詞律》作「露」，各本作「澤」，均誤。今據宋本訂正。

又一體 七十六字

柳永

前時小飲春庭院韻悔放笙歌散叶歸來中夜酒醺醺句惹起舊愁無限叶雖看墜樓換馬句争奈不是鴛幃伴叶　朦朧暗想如花面叶欲夢還驚斷叶和衣擁被不成眠句一枕萬回千轉叶惟有畫梁句新來雙燕句徹曙聞長嘆叶

本集亦屬雙調。

前結一六、一七字，一氣貫下，原可不拘，但「墜」字、「馬」字、「畫」字作仄聲異。或「馬」字是以上作平。「暗想如」三字，《汲古》作「俱妙暗」，今據宋本改正。

又一體 八十字

無名氏

霜風漸緊寒侵袂韻聽孤雁句聲嘹唳叶一聲聲送一聲悲句雲淡碧天如水叶披衣告語句雁兒略住句聽我些兒事叶　塔兒南畔城兒裡叶第三個句橋兒外叶瀕河西岸小紅樓句門外梧桐雕砌叶請教且與句低聲飛過句那裡有豆人人無寐叶

見《古今詞話》，程垓以次句改名《孤雁兒》，自是北宋人作。

通體同范作，惟末句七字多二字，是襯字也。

又一體七十八字　　程垓

傷春時候一憑闌韻何況別離難叶東風只解催人去句也不道豆鶯老花殘叶青箋未約句紅綃忍淚句無計鎖征鞍叶　寶釵瑶鈿一時閒叶此恨苦天慳叶如今直恁抛人去句也不應豆人瘦衣寬叶歸來忍見句重樓淡月句依舊五更寒叶

見《草堂詩餘》，而《書舟詞》不載。

前後段第三句，《草堂》作「也」字斷句，觀後高作下句當作七字，「也」字應連下讀。

又一體七十七字　　蔡伸

東君不鎖尋芳路韻曾是鶯花主叶有情風月可憐宵句猶記緑窗朱户叶十年空想春風面句杳無計句憑鱗羽叶　凄涼懷抱今如許叶天與重相遇叶不應還向楚峰前句朝暮爲雲爲雨叶算來各把平生分付句也不是句惡著處叶

前結一七、一六字，後結兩一六字，與各家異。

又一體七十八字

夜雨　　趙長卿

晚來無奈傷心處韻見紅葉豆隨風舞叶解鞍還向亂山深句黃昏後豆不成情緒叶先來離恨句打疊不下句天氣還淒楚叶　風兒住後雲來去叶裝撰些兒雨叶無眠托首對孤燈句好語向誰分付叶從來煩惱句嚇得膽碎句此度難擔負叶

前段第四句七字，餘同范作。「疊」作平。

又一體八十一字

賦簾　　高觀國

香波半窣深深院韻正日上句花陰淺叶青絲不動玉鉤閒句看翠額豆輕籠蔥蒨叶鶯聲似隔句篆烟微度句愛橫影豆參差滿叶　那回低掛朱闌畔叶念悶損句無人捲叶窺春偷倚不勝情句仿佛見豆如花嬌面叶纖柔緩揭句瞥然飛去句不似春風燕叶

前後第五句皆七字，前結六字，與各家異。

離亭宴七十二字

張昇

一帶江山如畫韻風物向秋瀟灑叶水浸碧天何處斷句霽色冷光相射叶蓼嶼荻花洲句掩映竹籬茅舍叶　雲際客帆高掛叶烟外酒旗低亞叶多少六朝興廢事句盡入漁樵閑話叶悵望倚層樓句寒日無言西下叶

《九宮大成》名《離亭燕煞》，入北詞雙角隻曲。

舊説以張先詞次句立名，但此作在前，不知何人創製，《花庵詞選》爲孫浩然作，誤。「客」可平。「烟」、「多」可仄。

又一體七十七字

公擇別吴興

張先

捧黄封詔卷韻隨處是離亭別宴叶紅翠成輪歌未遍叶早已恨野橋風便叶此去濟南非久句惟有鳳池鸞殿叶　三月花飛幾片叶又減卻豆芳菲過半叶千里恩深雲海淺叶民愛比豆春流不斷叶更上玉樓西望句雁與征帆俱遠叶

前段起句五字，兩次句各七字，兩四句亦七字，前段五句六字，與張昇作異。《詞譜》云：末句，坊本作「更上玉樓西歸，雁與征帆共遠」，今照蕉雪堂《詞譜》校定。鮑本缺「早」字。

又一體 七十二字

吳興　　晁補之

憶向吳興假守韻雙溪四垂高柳叶儀鳳橋邊蘭棹過句映水雕甍華牖叶燭下小紅妝句爭看使君歸後叶　攜手松亭難又叶題詩水軒依舊叶多少綠荷相倚恨句背立西風回首叶悵望採蓮人句烟水萬重吳岫叶

此與張昇作同，惟兩次句「雙溪」、「題詩」字作平平，略異。「棹」字，《汲古》、《詞律》作「舟」。

多麗 百四十字

李良定席上賦　　聶冠卿

想人生句美景良辰堪惜韻向其間豆賞心樂事句古今難是并得叶況東城豆鳳臺沁苑句泛晴波豆淺照金碧叶露洗華桐句烟霏絲柳句綠陰搖曳句蕩春一色叶畫堂迥豆玉簪瓊句佩高會盡詞客叶清歡久句重燃絳燭句別就瑤席叶　有翩若驚鴻體態句暮爲行雨標格叶逞朱唇豆緩歌妖麗句似聽流鶯亂花隔叶慢舞縈回句嬌鬟低嚲句腰肢纖細困無力叶忍分散豆彩雲歸後句何處更尋覓叶休辭醉句明月好花句莫謾輕擲叶

《詞品》：張均妓名多麗，善琵琶，一名《多麗曲》。

《復齋漫録》：蔡君謨知泉州，寄良定公書云：「新傳《多麗》詞，述宴游之娛，使病夫舉首增嘆耳」。（節録）

《詞律》謂「泛晴波」句，當是七言詩句，又改「聽」字平聲，「流鶯」乃「鶯語」之訛，「蕩春一色」，「一」字誤多，「明月好花」，改「好花明月」。余謂古人傳作斑然可觀，且有晁作可證。何得妄改以就己見？謬極。「歡」字作「歌」亦非。「飄」字作「翻」。「晴」字，葉《譜》作「清」，「淺」字作「殘」。

緑頭鴨 百三十九字

韓師朴相公會上觀佳妓輕盈彈琵琶　　晁端禮

新秋近句晉公別館開筵韻喜清時豆銜杯樂聖句未饒緑野堂邊叶綉屏深豆麗人乍出句座中雷雨起鯤弦叶花暖間關句冰凝幽咽句寶釵搖動墜金鈿叶未彈了豆昭君遺怨句四座已凄然叶西風裡句香街駐馬句嬉笑微傳叶　算從來豆司空見慣句斷腸初對雲鬟叶夜將闌豆井梧下葉句砌蛩收響悄林蟬叶賴得多愁句潯陽司馬句當時不在綺筵前叶競歡賞豆檀槽倚困句沉醉倒觥船叶芳春調句紅英翠萼句重變新妍叶

唐教坊曲名，或作《鴨頭緑》者非，利登詞名《多麗》，亦用平韻，明是一調，疑故類列。

張表臣《珊瑚鉤詩話》：客有獻李衛公以古木者，云有異。公命剖之，作琵琶槽，其文自然成白鴿。予嘗語晁次膺曰：「公《緑頭鴨》琵琶詞誠妙絕，蓋自『曉風殘月』之後，始有移船出塞之曲，然某亦曾有詩」云云。公曰：「詩亦不惡」。此詞汲古閣編入《琴趣外篇》，各本皆沿其誤，今改正。「座中」句作七言詩句，「寶釵」句七字與聶作微異。晁又一首於「馬」字用平，「紅英」句用平仄仄平，與聶同。《汲古》缺「見」字，誤。「麗」、「座」、「四」、「馬」、「井」、「下」、「不」、「歡」、「倚」可平。「清」、「中」、「雷」、「花」、「幽」、「彈」、「昭」、「嬉」，「蛩」、「收」、「司」、「檀」可仄。「別」作平聲。

又一體 百三十九字　一名隴頭泉

中秋　晁端禮

晚雲收句淡天一片琉璃韻爛銀盤豆來從海底句皓色千里澄輝叶瑩無塵豆素娥淡泞句靜可數豆丹桂參差叶玉露初零句金風未凜句一年無似此佳時叶向坐久豆疏星時度句烏鵲正南飛叶瑤臺冷句闌干憑暖句欲下遲遲叶　念佳人豆音塵隔後句對此應解相思叶最關情豆漏聲正永句暗斷腸豆花影潛移叶料得來宵句清光未減句陰晴天氣又爭知叶共凝戀豆如今別後句還是隔年期叶人縱健句清尊素月句長願相隨叶

張元幹詞名《隴頭泉》。

胡仔《苕溪漁隱叢話》：中秋詞自東坡《水調歌頭》一出，餘詞盡廢。然其後亦豈無佳詞，如晁次膺《綠頭鴨》一詞，殊清婉。但尊俎間以其篇長憚唱，故湮沒無聞焉。

起句用仄平平，前段第六句，後段第四句，皆上三下四字，與前作異。

「向」字《陽春白雪》作「露」，「星」字作「螢」，「隔後」二字作「別後」，「潛」字作「偷」，「縱」字作「強」，「月」字作「影」，今從《樂府雅詞》本。「瑩」去聲。「色」、「此」作平。

又一體百四十字　　無名氏

斂同雲韻破臘雪句霽前村叶占陽和豆孤根先暖句數枝已報新春叶如青女豆謾同素質句笑姑射豆難並天真叶疏影横斜句澄波清淺句暗香浮動月黄昏叶山驛畔豆行人立馬句回首幾銷魂叶江南遠句隴使趁程句踏盡冰痕叶　有個人人叶玉肌偏似句移我索對金尊叶撚纖枝豆鬢旁斜戴句嗅芳蕊豆眉暈潛分叶素臉籠霞句香心噴日句壽陽妝罷酒初醒叶待調鼎豆須貪結子句忍見落紛紛叶宿天曉句愁聞畫角句聲斷譙門叶

見《梅苑》。前起三三字句，後起兩四字句，多叶一韻，與各家異，餘同晁作。「程」字用平。

又一體百三十九字

七夕游蓮蕩作　　葛立方

破波光如鏡句雙翼輕舟韻對雨餘豆重巖疊嶂句何妨影墮清流叶望芙蕖豆渺然如海句張雲錦豆掩映汀洲叶出水奇姿句凌波艷態句眼看一葉弄新秋叶恍疑是豆金沙池内句玉井認峰頭叶花深處句田田葉底句魚戲龜游叶　正微涼豆西風初度句一彎斜月如鉤叶想天津豆鵲橋將駕句看寶奩豆蛛網初抽叶曬腹何堪句穿針無緒句不如溪上少淹留叶競笑語追尋句惟有沉醉可忘憂叶憑清

唱句一聲檀板句驚起沙鷗叶

起句五字，次句四字，後段第八、九句，一五、一七字，與晁作異，餘同晁二首。「雙」字，《汲古》作「三」，誤。

又一體百三十八字

李漳

好人人韻去來欲見無因叶記當時豆竊香倚暖句豈期蝶散鶼分叶到而今豆漫勞夢想句嗟後會豆慘啼痕叶綉閣銀屏句知他何處句一重山盡一重雲叶暮天杳豆梗蹤萍踪句還是寄孤村叶寂寥月句今宵爲誰句虛照黃昏叶　細追思豆深誠密意句黯然一晌銷魂叶仗游魚豆漫傳尺素句望塞雁豆空憶回紋叶帳冷衾寒句香消塵滿句博山沉水更誰熏叶斷腸也豆無聊情味句惟是殢芳尊叶沉吟久句移燈向壁句掩上重門叶

首句即起韻，張翥詞亦然。「嗟後會」句六字，比各家少一字。「誰」字用平聲，與《梅苑》及晁別作同。

又一體

念念

詹正

晚雲歸句小樓又做陰涼韻霎兒間豆恨桐招雨句西風葉葉商量叶醒時心豆又還南浦句愁邊句豆多

在斜陽叶陵椀籠青句蓮瓶拖艷句旋傾花水嚥茶香叶怨蛩有豆許多言語句說動軟心腸叶夜沉沉句幾條涼月句界破晴窗叶　共綉簾豆吹絮未久句卻孤劍水雲鄉叶自家書豆未能成字句鄰家笛豆且莫吹商叶好夢偏慢慳句閑情未了句隔牆又唱秋娘叶帕綃依舊時香摺句戲封做書囊叶鴛鴦字句見時千萬句綉一雙雙叶

後段第七句六字，比各家少一字。八句上四下三字，句法亦異。

又一體百三十八字

西湖泛舟夕歸施成大席上以晚山青爲起句各賦一詞　張翥

晚山青韻一川雲樹冥冥叶正參差豆烟凝紫翠句斜陽畫出南屏叶館娃歸豆吴臺游鹿句銅仙去豆漢苑飛螢叶懷古情多句憑高望極句且將樽前慰漂零叶自湖山豆愛梅仙遠句鶴夢幾時醒叶空留在豆六橋疏柳句孤嶼危亭叶　待蘇隄豆歌聲散盡句更須攜妓西泠叶藕花深豆雨涼翡翠句菰蒲軟豆風弄蜻蜓叶澄碧生秋句鬧紅駐景句採菱新唱最堪聽叶一片水天無際句漁火兩三星叶多情月句爲人留照句未過前汀叶

見《蜕巖詞》。或作石孝友，誤。

後段第八句六字，比各家少一字，鮑本空一格，想脱二字。

又一體百二十一字

錢塘懷古　　傅按察

静中看韻記昔日豆淮山隱隱句宛若虎踞龍盤叶下襄樊豆指揮湘漢句鞭雲騎豆圍繞江干豆勢不成三句時當混一句過唐之數不爲難叶陳橋驛句孤兒寡婦句久假當還叶　掛征帆豆龍舟催發句紫宸初卷朝班叶禁庭空豆土花暈碧句輦路悄豆呵喝聲乾叶縱餘得豆西湖風景句花柳亦凋殘叶去國三千句游仙一夢句依然天淡夕陽閒叶昨宵也句一輪明月句還照臨安叶

《輟耕録》傅按察者，忘其名，錢唐懷古嘗作一詞云云，蓋《緑頭鴨》調也。

前段次句六字，「不爲難」下少二句十二字，「縱餘得」二句與下三句顛倒，與各家全異，想是誤填，或傳寫之誤耳。

词繫卷六

宋

折紅梅百八字

梅花館小鬟

吴感

喜輕澌初泮句微和漸入句芳郊時節韻春消息句夜來陡覺句紅梅數枝争發叶玉溪仙館句不是個豆尋常標格叶化工别與句一種風情句似匀點胭脂句染成香雪叶　重吟細閱叶比繁杏夭桃句品流終别叶只愁共豆彩雲易散句冷落謝池風月叶憑誰向説叶三弄處豆龍吟休咽叶大家留取句時倚闌干句聞有花堪折句勸君須折叶

龔明之《中吴紀聞》：吴應之居小市橋，有侍姬曰紅梅，因以名其閣。嘗作《折紅梅》二詞，傳播人口。春日郡宴，必使倡人歌之。楊繪《本事集》誤以爲蔣堂侍郎有小鬟號紅梅，其殿丞作此詞贈之。（節録）《談苑》：王琪知歙州，吴感作《折紅梅》小詞寄之，曰：「山花冷落何曾折，一曲紅梅字字香」。愚按：吴感，字應之，吴郡人。葉《譜》作吴應，字感之。二説互異，當以《中吴紀聞》爲是。

此以詞句立名。《梅苑》、《草堂》、《詞綜》，皆爲杜安世作，以後一首屬之吴感。人名互淆，自是傳寫之誤

「只愁共」三字，《汲古》、《草堂》、《詞律》作「可惜」二字，少一字。「泮」字《汲古》、《草堂》作「綻」，「芳郊」二字作「郊原」，「仙」字作「珍」，皆誤。「輕」字，《梅苑》作「冰」，「芳郊」作「東郊」，「紅」字作「寒」，「流終」二字作「格真」，今從《中吳紀聞》本。「息」、「覺」、「玉」、「不」、「一」、「落」可平，「來」、「仙」、「成」可仄。

又一體 百八字

覩南翔征雁韻疏林敗葉句凋霜零亂叶獨紅梅豆自守歲寒句天教最後開綻叶盈盈水畔叶疏影蘸豆横斜清淺叶化工似把句深色胭脂句恠姑射冰姿句剩與紅間叶　誰人寵眷叶待金鎖不開句憑闌先看叶曾飛落豆壽陽粉額句妝成漢宮傳遍叶江南風暖叶春信喜豆一枝清遠叶對酒便好句折取奇葩句捻清香重嗅句舉杯重勸叶

《汲古》爲杜安世作，誤。

前段首句、六句皆叶韻，與前異。「酒」字是以上作平。「遍」字，《梅苑》作「滿」，「葩」字作「苞」。

又一體 百六字　　無名氏

憶笙歌筵上句忽見了句□□相別韻紅爐暖句畫簾繡閣句曾共鬢邊斜插叶南枝向暖句比檻裡豆春風猶怯叶也應別後句不減芳菲句念咫尺闌干句甚時重折叶　清風間發叶如天與濃香句粉匀

檀頰叶紗窗影句故人凝處句吟落暮天殘雪叶一軒明月叶悵望花爭清切叶便教儘放句都不思量句也須有句驀然上心時節叶

亦見《梅苑》。「悵望」句六字，比各家少一字。前段次三句原空二格，當缺三字。「應」、「教」平聲。「間」去聲。

又一體百八字　　無名氏

隴上消殘雪句曲水流斷句淑氣潛通韻群花冷句未吐夜來句梅萼數枝繁紅叶先奪化工叶發艷色豆不染東風叶信憑曉風句難壓精神句占青春未上句別是標容叶　天香漸杳句似蓬闕玉妃句酒困嫣慵叶只愁恐豆上陽愛惜句和種移向瑤宮叶西歸驛使句折贈處豆庾嶺溪東叶又須寄與句多感多情句道此花開早句未識游蜂叶

亦見《梅苑》。此用平韻，各譜失收此體。

好事近四十五字　一名翠圓枝　釣船笛　　宋　祁

睡起玉屏風句吹去亂紅猶落韻天氣驟生輕暖句襯沉香帷箔叶　珠簾約住海棠風句愁拖兩眉角叶昨夜一庭明月句冷鞦韆紅索叶

《子野詞》屬仙吕宫。《九宫大成》入南詞中吕宫引，一名《翠圓枝》，又入中吕宫正曲，一名《杏壇三操》。韓淲詞有「吟到翠圓枝上」句，名《翠圓枝》。張輯詞有「恰釣船横笛」句，名《釣船笛》。詞之以「近」名者始此，即近拍也。《詞譜》：宋人填詞有犯，有近，有促拍，有近拍。近者其腔調微近也。「兩」字必仄聲。兩結是一領四字句法，勿誤。「風」字葉《譜》作「空」，「吹」字作「鶯」，「帷箔」二字作「羅簿」。「睡」、「約」、「昨」可平。「吹」、「天」、「珠」可仄。

又一體四十五字

陸　游

客路苦思歸句愁似繭絲千緒韻夢裡鏡湖烟雨叶看山無重數叶　尊前消盡少年狂句慵著送春語叶花落燕飛庭户叶歎年光如許叶

前後第三句皆叶韻，與前異。

浪淘沙近五十四字

少年不管韻流光如箭叶因循不覺韶華换叶到如今豆始惜月滿花滿酒滿叶　扁舟欲解垂楊岸叶尚同歡宴叶日斜歌闋將分散叶倚蘭橈豆望水遠天遠人遠叶

《九宫大成》入北詞雙角只曲。

此與《浪淘沙令》、《浪淘沙漫》皆不同，故另列，他無作者。《能改齋漫録》：侍讀劉原父守維揚，宋景文赴壽春，道出治下。原父爲具以待，又爲《踏莎行》詞以侑歡，宋即席爲《浪淘沙近》，以別原父云云。

後結比前結少一字，當是遺脱。三「滿」字、三「遠」字，必有一二以上作平，何籀《宴清都》詞實本諸此，作者切不可用去聲字。

鷓鴣天五十五字　一名剪朝霞　思佳客　驪歌一疊　醉梅花

畫轂雕鞍狹路逢韻一春腸斷綉簾中叶身無彩鳳雙飛翼句心有靈犀一點通叶　金作屋句玉爲櫳叶車如流水馬游龍叶劉郎已恨蓬山遠句更隔蓬山幾萬重叶

唐教坊曲名。《樂章集》注正平調，《太和正音譜》注大石調。《填詞名解》作平調，蔣氏《九宮譜目》入仙呂宮引子，《九宮大成》入北詞大石調隻曲。

賀鑄詞有「剪刻朝霞釘露盤」句，名《剪朝霞》。李元膺詞名《思佳客》，與《上林春》之別名不同。韓淲詞有「只唱驪歌一疊休」句，名《驪歌一疊》。盧祖皋詞有「人醉梅花卧未醒」句，名《醉梅花》。趙令畤詞誤刻《思越人》名，舊譜以爲別名，誤。

《集解》：晏殊原作。愚按：此調實《瑞鷓鴣》之變聲也，只後起兩三字句微異，姑分列。宋在晏前，《集解》誤。餘詳《瑞鷓鴣》下。

黄昇《花菴詞選》：子京過繁臺街，逢内家車子中有褰簾者曰：小宋也。子京歸，遂作此詞。都下傳唱達于禁中，仁宗知之，問：「内人第幾車子？何人呼小宋」？有内人自陳：「頃侍御宴，見宣翰林學士，左右内臣曰小宋也。時在車子偶見之，呼一聲爾」。上召子京，從容語及，子京惶懼無地。上笑曰：「蓬山不遠」。因以内人賜之。又見《詞林海錯》。

《詞律》録淮海詞爲式，以句中第五字宜用平，考宋人用仄者多。如用成語不妨用平，否則宜仄，各家平仄多不同，如七律體可不拘。「一春」二字，《詞林海錯》作「一聲」，「游龍」二字作「如龍」，「幾」字作「一」。「晝」、「狹」、「一」、「彩」、「已」、「幾」可平。「身」、「心」、「車」、「流」、「劉」可仄。

錦纏道 六十六字　一名錦纏絆　錦纏頭

燕子呢喃句景色乍長春晝韻覷園林豆萬花如綉叶海棠經雨胭脂透叶柳展宫眉句翠拂行人首叶向郊原踏青句恣歌攜手叶醉醺醺豆尚尋芳酒叶問牧童遥指孤村道句杏花深處句那裡人家有叶

《九宫大成》入南詞正宫正曲。「道」一作「郎」。又作「絆」。

《全芳備祖》名《錦纏頭》。

後段第四句八字，比前段多一字。「問」字是襯字。《草堂》改上句，定作「尚尋芳問酒」。《詞律》謂或以「海棠」句上落一字。余謂詞中前後段不同者甚多，何必穿鑿。葉《譜》於「孤村」斷句，以「道」字屬下句，亦可。

錦纏絆 六十四字

惠應廟神

屈曲新堤句占斷滿村佳氣韻畫檐兩行連雲際叶亂山疊翠水回環句岸邊樓閣句金碧遥相倚叶

柳陰低豆艷映花光句美好昇平句爲誰初起叶大都風物只由人句舊時荒壘句今日香烟地叶

元無名氏《異聞總録》：邵武惠應廟，建中靖國元年建，陽江屯裡亦立祠事之。士人江衍謁祠下，夜夢往溪南神宇，閽人曰：「公與夫人方坐白雲障下，調按新詞」。少選神命呼衍問曰：「汝得此詞否」？衍恐懼謝曰：「世間那復可聞」。神曰：「此黄鐘宫《錦纏絆》也」，乃誦其詞。衍驚覺即録而傳之。愚按：黄鐘之宫聲，俗呼正宫。

此與《錦纏道》體格相同，惟前段第三句句法異，五句平仄異。後段起句少二字，次句多一字，三句少一字，自是一調。今從《詞譜》類列。

玉漏遲 九十四字

杏香消散盡句須知自昔句都門春早韻燕子來時句綉陌亂鋪芳草叶蕙圃妖桃過雨句弄笑臉豆紅篩碧沼句深院悄叶緑楊巷陌句鶯聲弄巧叶　早是賦得多情句更遇酒臨花句鎮辜歡笑叶數曲闌干句故國漫勞凝眺叶漢外微雲盡處句亂峰鎖豆一竿殘照叶問琅玕句東風淚零多少叶

《宋史·樂志》：南渡典儀，賜筵樂次，其二，《玉漏遲慢》。琴曲商調亦有此名。《九宫大成》入南詞黄鐘宫引。

「問琅玕」「玕」字各家皆叶韻。《草堂》作「歸路杳」。換頭句，吴文英作「每圓處」，張炎作「幽趣盡」，何夢桂作「年年吹落」。尾句，程垓作「不耐飛來蝴蝶」，張炎作「那更好游人老」，何夢桂作「無奈酒闌情好」，平仄多不同，可不拘。「昔」字，草堂作「古」，「都門」二字作「皇都」，「亂鋪」二字作「漸薰」，「笑臉」二字作「碎影」，「碧」字作「清」，「巷陌」二字作「陰裡」，「弄巧」作「低巧」，「遇酒臨花」四字作「對景臨風」，「凝」字作「登」，「漢外」二字作「天際」，「盡處」二字作「過盡」，「殘」字作「斜」。今從《雅詞》本。「綉」、「蕙」、「弄」、「笑」、「碧」、「緑」、「弄」、

「早」、「是」、「賦」、「遇」、「漫」、「漢」、「亂」、「一」、「淚」可平。「須」、「都」、「紅」、「鶯」、「峰」、「琅」、「玕」、「東」、「風」可仄。

又一體九十三字　　程垓

一春渾不見句那堪又是句飛花時節韻忍對危闌句數曲暮雲千疊叶門外星星柳眼句看誰似豆當時風月叶愁萬結叶恁誰爲我句殷勤低說叶　不是慣卻春心句奈新燕傳情句舊鶯饒舌叶冷篆餘香句莫放等閑消歇叶縱使繁紅褪盡句猶有酴醾堪折叶魂夢切叶不耐飛來蝴蝶叶

後段第六、七句作兩六字，八句叶韻，與前異。蔣捷一首與此同，是對偶句。《詞律》謂誤落一字。《汲古》「猶」字下有「自」字。

又一體九十四字　　元好問

有懷浙江別業

浙江歸路杳韻西南卻羨句投林高鳥叶升斗微官句世累苦相縈繞叶不如麒麟畫裡句又不與豆巢由同調叶時自笑叶虛名負我句平生吟嘯叶　擾擾叶馬足車塵句被歲月無情句暗消年少叶鐘鼎山林句一事幾時曾了叶四壁秋蟲夜雨句更一點豆殘燈斜照叶清鏡曉叶白髮又添多少叶

換頭二字叶韻。《詞律》既以此詞爲式，又謂起句不必起韻，「攪」字非叶，毫無定見。考南宋諸家首句起韻、換頭叶韻者，比比皆是，張炎詞尤多，何獨於此調爲非，殊不可解。又以「白髮」二字爲入作平，宋人亦有用仄者，故不注。

又一體九十四字

題吴夢窗霜花腴詞集　　周密

老來歡意少韻錦鯨仙去句紫簫聲杳叶怕展金奩句依舊故人懷抱叶猶想烏絲醉墨句驚俊語豆香紅圍繞叶閑自笑叶與君共是句承平年少叶　雨窗短夢難憑句是幾調宫商句幾番吟嘯叶淚眼東風句回首四橋烟草叶載酒倦游甚處句已换卻豆花間啼鳥叶春恨悄叶天涯暮雲殘照叶

後段第六句五字，比各家少一字。「錦鯨」下一本缺「仙」字，「俊」字作「醉」。「難」字，厲鶚《絶妙好詞箋》作「誰」，「調」字作「番」，「春恨悄」缺「恨」字，下多「幾」字，今從《笛譜草窗詞》。

又一體九十三字

史深

緑樹深庭院韻侵簾暝草句沿砌幽蘚叶問訊餘芳句糝徑碎紅千點叶暗有芹香墮几句認杏棟豆營巢新燕叶晴思軟叶春光幾許句費人裁剪叶　梅陰地濕無塵句但密袖薰虬句静看詩卷叶半掬羈心句似翠蕉難展叶花事因循過了句漸愁入豆薰風團扇叶屏畫掩叶屏上數峰青遠叶

後段第五句五字與各家異，或落一字。「思」去聲。

又一體九十字

七夕行臺諸公見餞　滕賓

問誰爭乞巧韻誰知巧處成煩惱叶天上佳期句底事別多歡少叶雨夢雲情半餉句又早被豆西風吹曉叶愁未了叶星橋隔斷句銀河深杳叶　可笑叶兒女浮名句似瓜果豆絲縈繞叶百拙無能句贏得自家華皓叶我笑姮娥解事句但歲歲豆孤眠空老叶歸去好叶江上綠波烟草叶

前段次句七字，比各家少一字。後段次句六字，少二字。

鳳凰閣六十七字　一名數花風

葉清臣

遍園林綠暗句渾如翠幄韻下無一片是花萼叶可恨狂風橫雨句忒煞情薄叶盡底把豆韶華送卻叶　楊花無奈句是處穿簾透幕叶豈知人意正蕭索叶春去也豆這般愁句沒處安着叶怎奈向豆黃昏院落叶

高拭詞注商調，《九宮大成》入南詞中呂宮正曲，一名《敷花風》，與南詞商調引不同。愚按：「敷」字當是「數」字之訛。

張炎詞名《數花風》

調見《花草粹編》，前無作者，自是創製，但不知命意。

此調宜押入聲韻。「翠」、「是」、「送」、「透」、「正」、「院」等字，必用仄聲，勿誤。用去聲更協。「綠」、「一」、「底」可平。

又一體 六十八字　柳永

匆匆相見句懊惱恩情太薄韻霎時雲雨又抛卻叶教我行思坐想句肌膚如削叶恨只恨豆相違舊約叶相思成病句那更瀟瀟雨落叶斷腸人在闌干角叶山遠水遠人遠句音信難托叶這滋味豆黃昏更惡叶

此調宋本、《汲古》《樂章集》皆未載，見葉申薌《天籟軒詞譜》。

起二句，一四、一六字，與前異。「水」、「遠」作平聲。

又一體 六十七字　趙師俠

己酉歸舟衡陽作

正薰風初扇句梅黃暑溽韻並搖雙槳去程速叶那更黃流浩淼句白浪如屋叶動歸思豆離愁萬斛叶

平生奇觀句頗快江山寓目叶日斜雲定晚風熟叶白鷺飛來句點破一川明緑叶展十幅豆瀟湘畫軸叶

後段第四、五句作上四下六字，與前異。「川」字用平，「幅」字非叶。「思」、「觀」去聲。

數花風 六十八字　張炎

別義興諸友

好游人老句秋鬢蘆花共色韻征衣猶戀去年客叶古道依然黄葉句誰家蕭瑟叶自笑我豆如何是得叶　酒樓仍在句流落天涯醉白叶孤城寒樹美人隔叶烟水此程應遠句須尋梅驛叶又漸數豆花風第一叶

此以末句立名，原集注別本作「鳳凰閣」，與柳作全同，自是一調無疑。《詞律》失收。「應」平聲。

賀聖朝影 四十字　一名太平時　歐陽修

白雪梨花紅粉桃韻露華高叶垂楊慢舞緑絲縧叶草如袍叶　風過小池輕浪起句似江皋叶千金莫惜買香醪叶且陶陶叶

《宋史・樂志》小石調，《九宮大成》入北詞平調隻曲，亦名《添聲楊柳枝》。

《樂府雅詞》名《楊柳枝》，誤。賀鑄詞名《太平時》，與《賀聖朝》無涉。詞之以「影」名者始此。此與顧夐之《楊柳枝》所不同者，在「皐」字叶韻，與無名氏作全合，是彼作誤寫調名也，宜分列。

愚按：陳質齋云：歐陽公詞，多有與《花間》、《陽春》相混，亦有鄙褻之語廁其中，當是仇人無名子所爲也。羅長源亦云：公有《平山集》盛傳於世，其淺近者多謂劉煇僞作。據此二説，在宋時已經誤傳，且多與馮延巳、張先名參互，沿訛已久。《汲古》、《草堂》未能分析，今皆一一辨證。其不類者，概從刪削。「白」、「慢」、「小」、「莫」可平。「紅」、「垂」、「風」、「千」可仄。

珠簾捲四十七字

珠簾捲句暮雲愁韻垂楊暗鎖青樓叶烟雨濛濛如畫句輕風吹旋收叶　香斷錦屏新別句人閒玉簟初秋叶多少舊歡新恨句書杳杳句夢悠悠叶

《九宮大成》入南詞高大石調引，許《譜》同。

汲古閣《六一詞》不著調名。想後人以起句立名，與《蝶戀花》別名《捲珠簾》不同，他無作者。「旋」去聲。

聖無憂四十七字

世路風波險句十年一別須臾韻人生聚散長如此句相見且歡娛叶　好酒能消光景句春風不染

髭鬚叶爲公一醉花前倒句紅袖莫來扶叶

唐教坊曲名。

《詞律》以此調與《烏夜啼》相同，附列於後。然《教坊記》已分兩名，足訂其非一調也，宜分列。「十年」二字《汲古》作「千年」。

洛陽春 四十九字

紅紗未曉黃鸝語韻蕙爐銷蘭炷叶錦屏羅幕護春寒句昨夜三更雨叶　繡簾閒倚吹輕絮叶斂眉山無緒叶看花拭淚向歸鴻句問來處豆逢郎否叶

舊譜以此調爲《一絡索》別名，但前後次句皆五字，句法不同。考歐與張先同時，並無別名確據。且小令不過數句，稍變句法，即另一調，何得合並？仍分列爲是。惟毛滂作與周邦彥《一絡索》詞全同，是誤寫調名，遂致訛傳，茲辨明不録。

朝中措 四十八字　一名照江梅　芙蓉曲　梅月圓

平山堂

平山闌檻倚晴空韻山色有無中叶手種堂前楊柳句別來幾度春風叶　文章太守句揮毫萬字句

一飲千鍾叶行樂直須年少句尊前看取衰翁叶

《宋史·樂志》黃鐘宮，《九宮大成》入南詞正宮引。

李祁詞有「初見照江梅」句，名《照江梅》。韓淲詞名《芙蓉曲》，又有「香動梅梢圓月」句，名《梅月圓》。

《詞苑叢談》：劉原父出守揚州，公作《朝中措》餞之云。「楊」字，《汲古》作「垂」。「手」、「別」、「幾」、「太」、「一」、「直」可平。「平」、「山」、「堂」、「文」、「行」可仄

又一體四十八字　　趙長卿

梅

別來無事不思量韻霜日最淒涼叶凝想倚闌干處句攢眉應爲蕭郎叶　梅花豈管人消瘦句只恁自芬芳叶寄語行人知否句梅花得似人香叶

前段同，後起二句，一七、一五字異，所謂破句法也。

又一體四十九字　　蔡　伸

章臺楊柳月依依韻飛絮送春歸叶院宇日長人靜句園林緑暗紅稀叶　庭前花謝了句行雲散後句物是人非叶惟有一襟清淚句憑闌灑遍殘枝叶

換頭句五字，比歐作多一字

又一體 四十八字

辛棄疾

年年金蕊艷西風韻人與菊花同叶霜鬢經春重緑句仙姿不飲長紅叶　焚香度日儘從容叶笑語調兒童叶一歲一杯爲壽句從今更數千鍾叶

此與趙作同，换頭句多叶一韻

洞天春 四十八字

鶯啼緑樹聲早韻檻外殘紅未掃叶露點珍珠遍芳草叶正簾幃清曉叶　鞦韆宅院悄悄叶又是清明過了叶燕蝶輕狂句柳絲撩亂句春心多少叶

《宋史·樂志》：太宗製平調。《九宫大成》入南詞羽調引。

此調詠院落之春景如洞天也，他無作者。《圖譜》注可平可仄，無據。

虞美人影 四十八字 一名轉聲虞美人 桃源憶故人（源或作園，憶或作逢） 醉桃源 杏花風

梅梢弄粉香猶嫩韻欲寄江南春信叶別後寸腸縈損叶說與伊爭穩叶 小爐獨守寒灰燼叶忍淚低頭劃盡叶眉上萬重新恨叶竟日無人問叶

《九宮大成》入南詞雙調引。

張先詞名《轉聲虞美人》，黃庭堅詞名《桃源憶故人》，趙鼎詞名《醉桃源》。韓淲詞有「杏花香裡東風峭」，名《杏花風》。陸游詞名《桃源憶故人》，周密詞名《桃源逢故人》。

「寸」字，葉《譜》作「愁」。「弄」、「欲」、「別」、「寸」、「說」、「小」、「獨」、「劃」、「萬」、「竟」可平。「梅」、「江」、「低」、「眉」可仄。

轉聲虞美人 四十八字

雪上送唐彥猷 張先

使君欲醉離亭酒韻酒醒離愁轉有叶紫禁多時虛右叶苕霅留難久叶 一聲歌掩雙羅袖叶日落亂山春後叶猶有東城烟柳叶青蔭長依舊叶

《子野詞》屬高平調，原注又名《胡擣練》，然起句不起韻，卻與《虞美人影》相同，故名轉聲，即轉調也。自是一調，與《胡擣練》無涉。舊譜分晰未清，今辨正。詞之以「轉聲」名者僅此。

「欲」字一作「少」，「苕」字作「清」，「亂山」二字作「汀花」，又缺「多」字，今從鮑本。

醉桃源四十八字

春曉　　趙　鼎

青春不與花爲主韻花正開時春暮叶花下醉眠休訴叶看取春歸去叶　鶯愁蝶怨君知否叶欲問春歸何處叶只有一尊芳醑叶留得青春住叶

此與張先之平韻《醉桃源》全不同，實與《桃源憶故人》字字吻合。《詞律》以《醉桃源》附列《阮郎歸》下，未曾分析此體，故録之以證其疏漏，趙長卿一首與此同。

鵲橋仙五十六字　或加令字　一名金風玉露相逢曲　廣寒秋

月波清霽句烟容明淡句靈漢舊期還至韻鵲迎橋路接天津句映夾岸豆星榆點綴叶　雲屏未捲句仙鷄催曉句腸斷去年情味叶多應天意不教長句恁恐把豆歡娛容易叶

高拭詞注仙吕調。《九宫大成》入南詞仙吕宫引。

此以第四句立名，周邦彦詞加「令」字。韓淲詞取秦觀「金風玉露一相逢」句，名《金風玉露相逢曲》。張輯詞有「天風吹透廣寒秋」句，名《廣寒秋》。此與《鵲橋仙慢》無涉。《梅苑》晏殊《憶人人》一調與此同，不知是一調否，姑分列。「月」、「舊」、「映」、「夾」、「點」、「未」、「去」、「恁」、「恐」可平。「清」、「明」、「靈」、「還」、「橋」、「雲」、「仙」、「催」、「腸」、「情」、「多」、「天」、「容」可仄。

又一體五十七字

次東坡七夕韻　黄庭堅

八年不見句清都絳闕名望銀漢豆溶溶漾漾韻年年牛女恨風波句算此事豆人間天上叶　野麋豐草句江鷗遠水句老夫唯便疏放叶百錢端往問君平句早晚具豆歸田小舫叶

此體見《汲古》山谷詞。第三句七字與歐異，各家皆作六字，然則「望」字是襯字也。後段三句平仄亦異。

又一體五十六字

贈鷺鷀　辛棄疾

溪邊白鷺叶來吾告汝叶溪裡魚兒堪數叶主人憐汝汝憐魚句要物我豆欣然一趣叶　白沙遠浦叶青泥別渚叶剩有蝦跳鰍舞叶任君飛去飽時來句看頭上豆風吹一縷叶

前後段首、次句俱叶韻。「主人」句《汲古》作「主憐汝汝又憐魚」，誤。

又一體五十八字

韓淲

雨意生涼句雲容催暮韻畫樓人倚闌干處叶柳邊新月已微明句銀潢隱隱疏星渡叶　今古佳期句漫傳牛女叶一杯試與尋新句叶幽懷冷眼是青山句舊歡往恨渾無據叶

前後兩次句起韻，兩三句七字，兩五句句法異。

又一體五十六字

元好問

梨花春暮句垂楊秋晚韻歸袖無人重挽叶浮雲流水十年間句算只有豆青山在眼叶　風臺月榭句朱唇檀板叶多病全疏酒盞叶劉郎争得似當年句比前度豆心情更減叶

前後次句皆叶韻。

千秋歲七十二字

數聲啼鴂韻又報芳菲歇叶惜春更把殘紅折叶雨輕風色暴句梅子青時節叶永豐柳句無人盡日花

飛雪叶　莫把幺絃撥叶怨極絃能説叶天不老句情難絕叶心似雙絲網句中有千千結叶夜過也句東窗未白殘燈滅叶

《宋史·樂志》：太宗洞曉音律，親製歌指角九，其九曰《千秋歲》。《子野詞》屬仙呂調，金詞，注中呂調，《九宮大成》入北詞中呂調隻曲。「歲」一作「節」，或作《千秋萬歲》。與《千秋引》、《千秋歲引》皆不同。愚按：太宗親製調名甚多，惜詞皆不傳。當時諸公倚聲而歌，皆非創製。兹以時代最先者爲式，後仿此。

又見鮑本《子野詞》，不知孰是。「惜春」下多「去」字，「殘燈滅」三字作「凝殘月」。「幺」字，《汲古》作「絲」，誤。

「數」、「又」、「雨」、「永」、「莫」、「怨」可平。「梅」、「心」、「中」、「東」可仄。

又一體七十一字　　蘇軾

淺霜侵緑韻髮少仍新沐叶冠直縫句巾横幅叶美人憐我老句玉手簪黄菊叶秋露重句珍珠落袖沾餘馥叶　坐上人如玉叶花映花奴肉叶蜂蝶亂句飛相逐叶明年人縱健句此會應難復叶須細看句晚來月上和銀燭叶

前段第三、四句各三字，比歐作少一字，宋人多從此體。

又一體七十一字

小雨達旦東齋獨宿不能寐有懷松江舊游　葉夢得

雨聲蕭瑟句初到梧桐響韻人不寐句秋襟爽叶低簷燈暗淡句畫幕風來往叶誰共賞叶依稀記得船篷上叶　拍岸浮輕浪叶水闊菰蒲長叶向別浦句收橫網叶綠蓑衝暝色句艇子搖雙槳叶君莫忘叶此情猶是當時唱叶

首句不起韻，前後第七句俱叶韻。「襟」字，《汲古》、《詞律》作「聲」，據《詞律訂》改。「忘」去聲。

又一體七十二字

次韻兵曹席孟惠廨中千葉黃梅　葉夢得

曉烟溪畔韻曾記東風面叶化工更與重裁剪叶額黃明艷粉句不共妖紅軟叶凝露臉叶多情正是當時見叶　誰向滄波岸叶特地移閑館叶情一縷句愁千點叶煩君搜妙語句爲我催清宴叶須細看叶紛紛亂蕊空凡艷叶

此與歐作同，只前後兩六句皆叶韻。

又一體七十二字　　無名氏

臘殘春盡韻江上梅開粉叶一枝漏泄東君信叶壽陽妝面靚叶姑射冰姿瑩叶似淺杏叶清香試與分明認叶　只恐霜侵破句又怕風吹損叶待折取豆還不忍叶莫將花上貌句來點多情鬢叶凝睇久句行人立馬成遺恨叶

見《梅苑》。前段第三句、五句叶韻，後起句、六句不叶。

又一體七十二字

葉審言生日　　周紫芝

當年文焰韻蜀錦詞華爛叶年正少豆聲初遠叶手攀天上桂句書奏蓬萊殿叶人盡道句洛陽盛事今重見叶　千尺青蒼幹叶直節凌霄漢叶天未識豆應嗟晚叶飲殘長壽醆叶歸奉春皇燕叶金葉滿叶擗麟且受麻姑勸叶

前段第六句不叶韻，後段四句、六句叶。

越溪春 七十六字

三月十三寒食夜句春色遍天涯韻越溪閬苑繁華地句傍禁垣豆珠翠烟霞叶紅粉牆頭句鞦韆影裡句臨水人家叶　歸來晚句駐香車叶銀箭透窗紗叶有時三點兩點雨霽句朱門柳細風斜叶沈麝不燒金鴨句玲瓏月照梨花叶

此以詞句立名，自是創製。

「兩點」二字以上作平，與淮海詞《金明池》同。「玲瓏」二字，《汲古》作「泠籠」。一本「玲」字上多「泠」字，俱誤，今據《詞綜》本。

驀山溪 八十二字　一名陽春　上陽春

新正初破句三五銀蟾滿韻纖手染香羅句剪紅蓮豆滿城開遍叶樓臺上下句歌管咽春風句駕香輪句停寶馬句只待金烏晚叶　帝城今夜句羅綺誰爲伴叶應卜紫姑神句問歸期句相思望斷叶天涯情緒句對酒且開顔句春宵短叶春寒淺叶莫待金杯暖叶

金詞注大石調，蔣氏《九宫譜目》入大石調，《九宫大成》入南詞大石調引。

毛滂詞有「彩筆賦陽春」句，名《陽春》與呂渭老正調不同。《翰墨全書》名《上陽春》。

此調作者甚多，不知何人創始。其前後起句，及兩結三字句，或叶或不叶，句法悉同，平仄各異。「滿」、「上」、「只」、

「帝」、「對」、「莫」、可平。「新」、「三」、「歌」、「今」、「羅」、「應」、「情」可仄。

又一體八十二字

贈衡陽妓陳湘　　黄庭堅

鴛鴦翡翠句小小思珍偶韻眉黛斂秋波句儘湖南豆山明水秀叶娉娉嫋嫋句恰近十三餘句春未透叶花枝瘦叶正是愁時候叶　尋芳載酒叶肯落誰人後叶只恐晚歸來句緑成陰豆青梅如豆叶心期得處句每自不由人句長亭柳叶君知否叶千里猶回首叶

後起句及四三字句皆叶韻。「誰」字，《詞林紀事》作「他」，「君知」二字作「知君」。

又一體八十二字

沈會宗

想伊不住韻船在藍橋路叶别語未甘聽句更忍問豆而今是去叶門前楊柳句幾日轉西風句將行色句欲留心句忽忽城頭鼓叶　一番幽會句只覺添愁緒叶邂逅卻相逢句又還有豆此時歡否叶臨歧把酒句莫惜十分斟句尊前月句月中人句明夜知何處叶

前起句叶韻，後起句不叶

又一體八十二字

周邦彦

樓前疏柳句柳外無窮路韻翠色四天垂句數峰青豆高城闊處叶江湖病眼句偏向此山明句愁無語叶空凝竚叶兩兩昏鴉去叶　平康巷陌句往事如花雨叶十載卻歸來句倦追尋豆酒旗戲鼓叶今宵幸有句人似月嬋娟句霞袖舉叶深杯注叶一曲黄金縷叶

兩起句皆不叶韻，四三字句皆叶。

又一體八十二字

万俟咏

芳菲葉底韻誰會秋工意叶深緑護輕黄句怕青女豆霜侵憔悴叶開分早晚句都占九秋天句花四出句香十里叶獨步珠宫裡叶　佳名岩桂叶卻是因遺子叶不自月中來句又那得豆蕭蕭風味叶霓裳舊曲句休問廣寒人句飛大白句酬仙蕊叶香外無香比叶

兩起句皆叶韻，上兩三字句不叶，下兩三字句皆叶。

又一體八十二字　　張震

春光如許韻春到江南路叶柳眼弄晴暉句笑梅花豆落英無數叶峭寒庭院句羅幕護窗紗句金鴨暖句錦屏深句曾記看承處叶　雲邊尺素叶何計傳心緒叶無處説相思句空惆悵豆朝雲暮雨叶曲闌干外句小立近黄昏句心下事句眼邊愁句借問春知否叶

兩起句皆叶韻，四三字句皆不叶。

又一體八十二字　　石孝友

鶯鶯燕燕韻搖蕩春光懶叶時節近清明句雨初晴豆嬌雲弄暖叶醉紅濕翠句春意釀成愁句花似染叶草如剪叶已是春強半叶　小鬟微盼叶分付多情管叶癡騃不知愁句想怕他豆貪春未慣叶主人好事句應許玳筵開句歌眉斂叶舞腰軟叶怎便輕分散叶

兩起句及四三字句皆叶韻。

又一體八十二字

易祓

海棠枝上句留得嬌鶯語韻雙燕幾時來句並飛入豆東風院宇叶夢回芳草句緑遍小池塘句梨花雪句桃花雨叶畢竟春誰主叶　東郊拾翠句襟袖沾飛絮叶寶馬趁雕輪句亂紅中豆香塵滿路叶十千斗酒句相與買春閒句吴姬唱句秦娥舞叶拚醉青樓暮叶

兩起句不叶，而下兩三字句叶韻。

御帶花百字

元宵詞

青春何處風光好句帝里偏愛元夕韻萬重繒綵句搆一屏峰嶺句半空金碧叶寶檠銀釭句耀絳幕豆龍騰虎擲叶沙堤遠句雕輪綉轂句争走五王宅叶　雍雍熙熙似晝句會樂府神姬句海洞仙客叶曳香摇翠句稱執手行歌句錦街天陌叶月淡寒輕句漸向曉豆漏聲寂寂叶當年少句狂心未已句不醉怎歸得叶

《九宫大成》入南詞高大石調正曲，許《譜》同。

此調無他作者，想是創製。「愛」、「絳」、「五」、「洞」、「向」、「怎」必用仄聲，勿誤。「騰虎」二字，《汲古》作「虎騰」，「雍雍」二字作「雍容」，「似」字作「作」，皆誤。《詞律》於「會」字句，非，據《詞律訂》改正。「檠」、「稱」去聲。「雍」上聲。

涼州令百五字

東堂石榴

翠樹芳條颭韻灼灼裙腰初染叶佳人攜手弄芳菲句綠陰紅影句共展雙紋簟叶插花照影窺鸞聯叶只恐芳容減叶不堪零落春晚句青苔雨後深紅點叶　一去門閑掩叶重來卻尋朱檻叶離離秋實弄輕霜句嬌紅脈脈句似見胭脂臉叶人非事往眉空斂叶誰把佳期賺叶芳心只願長依舊句春風更放明年艷叶

《宋史·樂志》正宮調大曲名，又入南呂宮。《九宮大成》入南調正宮引。「涼」或作「梁」，非，說詳《涼州歌》下。「芳心」句七字，《詞律》謂後段多一字，柳詞亦七字，何必拘定。「晚」字，《圖譜》注叶，誤。通體俱用閉口仄韻，豈有雜入一韻之理？況晁詞亦不叶。「灼灼」二字，《汲古》作「的的」，亦非。一本無後段者更誤。

涼州令疊韻百四字　　晁補之

田野閑來慣韻睡起初驚曉燕叶樵青走掛小簾鈎句南園昨夜句細雨紅芳遍叶　平蕪一帶烟花

淺叶過盡南歸雁叶江雲渭樹俱遠叶憑闌送目空腸斷叶　好景難常占叶過眼韶華如箭叶莫教鶗鴂送韶華句多情楊柳句爲把長條絆叶　清斟滿酌誰爲伴叶花下提壺勸叶何妨醉卧花底句愁容不上春風面叶

詞之以「疊韻」名者始此。舊本皆分四段，所謂疊韻者，加後一疊也。通首與歐作同，只「何妨」句六字少一字。「俱遠」上，《汲古》、《詞律》缺四字，據《琴趣外篇》補。「斟」字，《琴趣》作「尊」。

涼州令 五十五字　柳永

夢覺紗窗曉韻殘燈黯然空照叶因思人事苦縈牽句離愁別恨句無限何時了叶　憐深定是心腸小叶往往成煩惱叶一生惆悵情多少叶月不長圓句春色易爲老叶

《樂章集》注中呂宮。

此即歐詞前段不疊韻也，只結二句九字，多二字，與前段合，後第三句叶韻，與歐異。《汲古》不分段，「黯」字作「掩」，「少」字作「感」，據宋本訂正。

又一體 五十字　晏幾道

莫唱陽關曲韻淚濕當年金縷叶離歌自古最消魂句於今更有消魂處叶　南橋楊柳多情緒叶不

繫行人住叶人情卻似飛絮叶悠揚便逐春風去叶

此亦歐詞之半闋，只前結七字，少二字，與後段合。「曲」字是以入作去押韻，各家首句俱用韻也。

又一體五十一字　　　　晁補之

二月春猶淺韻去年櫻桃開遍叶今年春色怪遲遲句紅梅尚早句未露胭脂臉叶　東君遣春來緩叶似會人深願叶蟠桃新鏤雙螯叶相期似此春長遠叶

此即前疊韻之半闋，惟後起句六字，少一字。《詞譜》「遣」字上多「故」字，三句亦叶韻。「尚」字《汲古》作「常」。

醉垂鞭四十二字

錢唐送祖擇之　　　　張　先

酒面灩金魚韻吳娃唱換仄吳潮上叶仄玉殿白麻書叶平待君歸後除叶平　勾留風月好三換仄平湖曉三叶仄翠峰孤叶平此景出關無叶平西州空畫圖叶平

《子野詞》屬正宮。

凡三換韻。張共二首，字句叶韻皆同。

此下俱見《子野詞》。愚按：張詞以鮑廷博知不足齋刻本《子野詞》爲最精，今從訂正，亦有未盡善者，則從他本參考。「酒」、「玉」、「待」可平。「歸」、「勾」可仄。

慶金枝五十字

合歡曲

青螺添遠山韻兩嬌靨豆笑時圓叶抱雲勾雪近燈看叶算何處豆不堪憐叶　今生但願無離別句花月下豆綉屏前叶雙蠶成繭共纏綿叶更重結豆後生緣叶

《子野詞》屬中呂宮。《九宮大成》入南詞羽調引。

此首《安陸集》不載，當加「令」字。

「算何處」三字，鮑刻知不足齋本作「妍處」二字，「重」字缺。兩結皆五字。

又一體四十八字　或加令字　無名氏

莫惜金縷衣韻勸君惜豆少年時叶花開堪折直須折句莫待折空枝叶　一朝杜宇纔鳴後句便從此豆歇芳菲叶有花有酒且開眉叶莫待滿頭絲叶

見《高麗史·樂志》，名《慶金枝令》。《詞譜》爲張雨作，誤。

兩結各五字，比張作少二字。

又一體五十字　　無名氏

新春入舊年韻綻梅萼豆一枝先叶隴頭人待信音傳叶算楚岸豆未香殘叶　小枕風雪憑闌干叶下簾幕豆護輕寒叶年華永占入芳筵叶付尊前豆漸成歡叶

見《梅苑》。與張作同，惟後起句叶韻。「前」字偶合，非叶。「枕」字宜平，應是寫誤。

相思兒令四十五字　一名好女兒

惜月

春去幾時還韻問桃李無言叶燕子歸棲風緊句梨雪亂西園叶　猶有月嬋娟叶似人人豆難近如天叶願教清影常相見句更乞取長圓叶

《子野詞》屬中吕宫，《九宫大成》入北詞仙吕調隻曲，又入南詞南吕宫正曲。此與晏殊《相思兒令》不同，一本作《好女兒》，與晏幾道六十二字體亦不同，宜分列。黄庭堅詞名《好女兒》，曾覿詞名《綉帶兒》。「兒」，《花草粹編》作「子」，實是一調。此調又見《汲古》《山谷詞》，誤。「緊」字，《詞律》作「勁」，「猶」字作「唯」，「長」字作「團」，今從鮑本。

愚按：《詞律》收曾覿《綉帶兒》，以《好女兒》注爲别名，不知張詞本名《相思兒令》，黄詞名《好女兒》，皆在曾前，不得世次倒置。各集調名已屬錯雜。若再歸併，益滋混淆。本譜俱録原集原名，其别名注一名某，並注某人名某調，俾閲者可考而知，説詳凡例。「問」、「燕」、「願」可平。「春」、「猶」、「人」可仄。

好女兒 四十五字 一名綉帶兒（兒或作子）

張寬夫園賞梅

黄庭堅

小院一枝梅韻衝破曉寒開叶偶到張園游戲句沾袖帶香回叶　玉酒覆銀杯叶盡醉去豆猶待重來叶東鄰何事句驚吹怨曲句雪片成堆叶

《梅苑》題作《戎州賞梅》。

黄凡三首，兩首同，其一即張作，曾覿《綉帶兒》與此同。後結三句各四字、亦破句法也。「曲」字一作「笛」，誤。

惜雙雙 五十四字　或加令字

溪橋寄意

城上層樓天邊路韻殘照裡豆平蕪緑樹叶傷遠更惜春暮叶有人還在高高處叶　斷夢歸雲經日去叶無計使豆哀弦寄語叶相望恨不相遇叶倚橋臨水誰家住叶

《子野詞》屬中吕宮。

舊譜皆以爲《惜分飛》別名，考時代此調在先，論字句第二、三句大不同，不應類列。

「惜」字、「不」字，當是以入作平，切勿用去聲字始協。「望」作去聲。

惜雙雙令五十二字　　劉弇

風外橘花香暗度韻飛絮綰豆殘春歸去叶醖造黄梅雨叶冷烟曉占横塘路叶　翠屏人在天低處叶驚斷夢豆行雲無據叶此恨憑誰訴叶恁時卻倩危絃語叶

前後段第三句五字，比張作各少一字，自是一調。

師師令七十三字

春興

香鈿寶珥韻拂菱花如水叶學妝皆道稱時宜句粉色有豆天然春意叶蜀錦衣長勝未起叶縱亂霞垂地叶　都城池苑誇桃李叶問東風何似叶不須回扇障清歌句唇一點豆小於朱蕊叶正值殘英和月墜叶寄此情千里叶

《子野詞》屬中吕宫。

舊譜原題作《贈美人》，今從鮑本。

《詞林紀事》云：《古今詞話》：張子野晚年多爲官妓作詞，有贈妓李師師「香鈿寶珥」云云，閲之不覺失笑。按：子野天聖八年進士，至熙寧六年東坡在杭，子野年八十五。又《吴興志》：子野年八十九卒，若至徽宗政和年間是百餘歲矣，斷無詞贈李師師。率意附會，貽誤後人。此外考訂疏謬者，難以枚舉。又按《敏求記》：《李師師小傳》臨安刊於榷場中，惜不可得見矣。愚按：《小山詞・生查子》有「醉後莫思家，借取師師宿」句。《淮海詞》亦有「年時今夜見師師」句，晏、秦皆不及見宣政間事，或師師是當時歌妓之通稱，别有所指耳。五字句凡四，皆以一領四字句。「菱」、「東」二字用平，「亂」、「此」二字用仄，勿誤。「錦」字，《安陸集》作「彩」，「霞」字，鮑本作「雲」，「朱蕊」二字作「珠子」，「值」字作「是」，「朱蕊」《詞苑楚談》作「花蕊」。「稱」去聲，「勝」平聲。

謝池春慢九十字

玉仙觀道中逢謝媚卿

繚牆重院句時間有豆啼鶯到韻繡被掩餘寒句畫幕明新曉叶朱檻連空闊句飛絮無多少叶徑莎平句池水渺叶日長風静句花影閑相照叶　塵香拂馬句逢謝女句城南道叶秀艷過施粉句多媚生輕笑叶鬥色鮮衣薄句碾玉雙蟬小叶歡難偶句春過了叶琵琶流怨句都入相思調叶

《子野詞》屬中吕宫。與《謝池春》小令無涉。

《古今詞話》：子野於玉仙觀道中逢謝媚卿，作《謝池春慢》云云，一時傳唱幾遍。

李之儀一首於「秀艷」句，作「不見又思量」，平仄異，與前段合。《詞律》於首句注可平可仄，無據。「間」字，鮑本作「聞」。《安陸集》無「時」字，「啼」字作「流」，「掩」字，一本作「堆」，「幕」字作「閣」，「無」字作「知」，「艷」字作「麗」，「偶」字作「遇」，「怨」字作「韻」。「間」、「過」作去聲。「綉」、「畫」、「碾」可平。「朱」、「多」、「琵」

可仄。

山亭宴百二字

有美堂贈彥猷主人

宴亭永晝喧簫鼓韻倚青空豆畫闌紅柱叶玉瑩紫微人句靄和氣豆春融日煦叶故宮池館更樓臺句約風月豆今宵何處叶湖水動鮮衣句競拾翠豆湖邊路叶　落花蕩漾愁空樹叶晚山靜豆數聲杜宇叶天意送芳菲句正黯淡豆疏烟逗雨叶新歡寧似舊歡長句此會散豆幾時還聚叶試爲挹飛雲句問解寄豆相思否叶

《子野詞》屬中呂宮，加「慢」字。因首句立名，與《燕山亭》無涉。

「愁」字，一作「怨」，《詞律》讀作「冤」，意與前段同耳。鮑本《子野詞》本作「愁」。又「逗」字，《詞律》作「短」。「亭」字，一作「堂」，「問」字作「爲」，尾句少「寄」字，皆誤，今從鮑本訂正。「瑩」、「爲」作去聲。

又一體百字

湖亭燕別

碧波落日寒烟聚韻望遥山豆迷離紅樹叶小艇載人來句約樽酒豆商量歧路叶衰柳斷橋西句共攜

手豆攀條無語叶水際見鳧鷺句一對對豆眠沙溆叶　西陵松柏青如故叶剪烟花豆幽蘭啼露叶油壁間花驄句那禁得豆風吹細雨叶饒他此後更細量句總莫似豆當筵情緒叶鏡面綠波平句照幾度豆人來去叶

見《子野詞·補遺》，亦見《西湖志》。前段第五句五字，比前作少二字，或是遺脱。「間」去聲。

八寶妝 五十二字

錦屏羅幌初睡起韻花陰轉豆重門閉叶正不寒不暖句和風細雨句困人天氣叶　此時無限傷春意叶憑誰訴豆厭厭地叶這淺情薄倖句千山萬水句也須來裡叶

《子野詞》屬南呂宮。

此與李甲之《八寶妝》及《新雁過妝樓》之別名皆無涉。

一叢花 七十八字

傷春懷遠幾時窮韻無物似情濃叶離愁正引千絲亂句更南陌豆飛絮濛濛叶歸騎漸遥句征塵不斷句何處認郎踪叶　雙鴛池沼水溶溶叶南北小橋通叶梯横畫閣黄昏後句又還是豆新月簾

櫳叶沉恨細思句不如桃杏句猶解嫁東風叶

《子野詞》屬南吕宫，加「令」字。《過庭録》：子野郎中《一叢花》詞云：「沉恨細思，不如桃杏，猶解嫁東風」，一時盛傳。永叔尤愛之，恨未識其人。子野家南地，以故至都，謁永叔。閽者以通，永叔倒屣迎之，曰：「此乃桃杏嫁東風郎中」。東坡守杭，子野尚在，嘗預宴席，蓋年八十餘矣。

各本爲歐陽修作，誤。「更南陌」有作仄平平者，「歸騎漸遥」句亦有作平平仄仄者，均不可從，後段同。「漸」字、「細」字各家俱去聲，勿誤。「引千」二字《安陸集》作「恁牽」。「南」字鮑本作「東」，「橋」字作「橈」，「新」字作「斜」，「沉恨細思」四字作「沉思細恨」，誤。「杏」字，一本作「李」，「猶」字作「還」，「東風」二字作「春風」，今從《安陸集》本。「不」可平。「征」、「池」、「梯」、「沉」、「桃」、「猶」可仄。

又一體七十八字　晁補之

東君密意在芳心韻飛雪戲妝林林多情定怪春來晚句故奇花豆千點深深叶烟柳上句輕風絲漫裊句樓閣晚還陰叶　雕梁雙燕悄來音叶簾幕鎮沉沉叶西城未有花堪採句醉狂興豆冷落難禁叶應約萬紅句商量細細句留向未開尋叶

前結一三兩五字，破句也，與張作異。然文意不甚協，或「上」字是「尚」字、「正」字之訛，姑存俟考。

燕春臺九十七字　一名夏初臨

東都春日李閣使席上

麗日千門句紫烟雙闕句瓊林又報春回韻殿閣風微句當時去燕還來叶五侯池館頻開叶探芳菲豆走馬天街叶重簾人語句轔轔車轄句遠近輕雷叶　雕觴霞灧句翠幕雲飛句楚腰舞柳句宮面妝梅叶金猊夜暖句羅衣暗裛香煤叶洞府人歸句放笙歌豆燈火樓臺叶下蓬萊叶猶有花上月句清影徘徊叶

《子野詞》屬仙吕宮，加「慢」字。

此調自是創製，《嘯餘譜》作《燕臺春》，大誤。「燕」、「宴」，古通用，《詩經》「燕樂」、「燕喜」可證，何必深辨？況題是本意，本譜所以必録詞題也。

「洞府」句四字比前段少二字，此等平調不應參差，恐是遺脱。「走馬」下《詞律》缺「天街」二字，「笙歌」下，多「院落」二字，無「放」字。《樂府雅詞》、《陽春白雪》、《草堂詩餘》各本皆如是。原詞整齊明順，無可致疑，《詞律》不照舊本校勘，而以傳抄之誤，大加議論，此弊不淺。或云「微」、「飛」、「歸」三字叶韻與後劉作合，亦通。「頻」字一作「屏」，「放」字一作「擁」，「車轄」二字，鮑本作「綉軒」，「下」字在「樓臺」上，「林」字一作「樓」，皆誤。「閣」字作「角」。

夏初臨 九十七字　　劉涇

泛水新荷句舞風輕燕句園林夏日初長韻庭樹陰濃句雛鶯學弄新簧叶小橋飛入橫塘叶跨青蘋豆緑藻幽香叶朱闌斜倚句霜紈未摇句衣袂先涼叶　歡歌稀遇句怨别多同句路遥水遠句烟淡梅黄叶輕衫短褐句相攜洞府流觴叶況有紅妝叶醉歸來豆寶蠟成行叶拂牙牀中紗廚半開句月在回廊叶

此以本意立名。《詞律》云：與《燕春臺》字句音響皆同，《詞律訂》亦云。愚按：只「紗廚」上少一字，「未」字、「半」字用去聲，「妝」字叶韻，與張作異。曹冠二首亦名《夏初臨》，與此全同。想用之春日名《燕春臺》，用之夏日名《夏初臨》。此二調前後整齊，不應後段七句比前少二字，可見宋時已經脱誤，明是一調異名，當類列。至謂換頭四字四句，斷無兩調者，則大不然。如《醉蓬萊》、《漢宫春》等調皆是，何足爲據？

「飛」字下，《詞律》依沈際飛草堂本增「蓋」字。又云舊刻俱六字，此調風範當以六字爲正，天羽或有所考。愚按：此騎牆之見，凡詞當以别作校勘，折衷一是，觀後洪作，此句亦六字，且增入「蓋」字，意殊費解，當删去。「未」字、「半」字定用去聲。張作「車」字，鮑本原作「綉」，正屬吻合。

又一體 九十七字　　洪咨夔

鐵甕栽荷句銅彝種菊句膽瓶萱草榴花韻庭户深沉句畫圖低映窗紗叶數枝奇石谽轗叶染宣和豆瑞露明霞叶於菟長嘯句風林□□句霜草先斜叶　雪絲香裡句冰粉光中句興來進酒句睡起分茶叶

輕雷急雨句銀篁迸插檐牙叶涼入琵琶叶枕幃開豆又送蟾華叶問生涯叶山林朝市句取次人家叶

此體見《詞律》。「風林」下缺二字，不知何據。「朝市」二字，平仄與前略異。

恨春遲五十八字

好夢纔成成又斷韻因晚起豆雲朵梳鬟換平叶秀臉拂輕紅句滴入嬌眉眼向薄衣減春寒平叶　紅柱溪橋波平岸仄叶畫閣外豆落日西山平叶不忿閒花並蒂句秋藕同根句何時重得雙蓮平叶

《子野詞》屬大石調，《詞律》未收。

此平仄互叶體，鮑本首句缺一「成」字，次句坊本缺「因」字，各六字，今從《粹編》訂正。「斷」字、「岸」字以仄叶平，觀後作可知。「朵」字，鮑本作「彈」，「滴」字作「酒」，「同」字作「蓮」，「蓮」字作「眼」，「紅」字作「短」。「因」字，一本作「日」，「晚」字作「曉」。

又一體五十八字

欲借紅梅薦飲韻望隴驛豆音信沉沉換平叶住在柳洲東岸句彼此相思句夢去難尋平叶　乳燕來時花期寢仄叶淡月墜豆將曉還陰平叶爭奈多情易感句音信無憑句如何消遣得初心平叶

《子野詞》亦屬大石調

亦平仄互叶體，一名《八寶妝》，誤。

前段首句六字，三句六字，四句四字，後段結句七字，與前異。

慶佳節 五十一字

莫風流韻莫風流叶風流後有閒愁叶花滿南園月滿樓叶偏使我豆憶歡游叶　我憶歡游無計耐句除卻且醉金甌叶醉了醒來春復秋叶我心事豆幾時休叶

《子野詞》屬雙調。

各譜皆未收。

又一體 五十一字

芳菲節韻芳菲節叶天意應不虛設叶對酒高歌玉壺缺叶慎莫負豆狂風月叶　人間萬事何時歇叶空贏得鬢成雪叶我有閑愁與君說叶且莫用豆輕離別叶

亦屬雙調。

此用仄韻，換頭句叶，與前異。

一絡索四十七字　一名玉聯環　絡一作落

南㓻夜飲

來時露浥衣香潤韻彩縧垂鬢叶捲簾還喜月相親句把酒與豆花相近叶西去陽關休問叶未歌先恨叶玉峰山下水長流句流水盡豆情無盡叶

《子野詞》屬雙調，《九宫大成》入南詞高大石調引。「絡」，一作「落」。鮑本名《玉聯環》，舊説又名《洛陽春》。愚按：字句互有不同，各家皆分列各名，未必一調，惟《玉聯環》與《一絡索》意義相近，故附列，《洛陽春》則另列。「把」、「酒」、「玉」可平。「流」可仄。

又一體五十字

黄庭堅

紫萸黄菊繁華處叶　對月庭風露叶愁來即便去尋芳句更作甚豆悲秋賦叶　誰道秋來烟景素韻任游人不顧叶一番時態一番新句到得意豆皆歡慕叶

兩起句皆七字，兩次句皆五字，與張作異。五字句是一領四字句，多一襯字也。「月庭風露」四字，葉《譜》作「風庭月露」。

又一體四十八字　　秦觀

楊花終日飛舞韻奈久長難駐叶海潮雖是暫時來句卻有個豆堪憑處叶　紫府碧雲爲路叶好相將歸去叶肯如薄倖五更風句不解與豆花爲主叶

兩起句皆六字，與張作異。兩次句皆五字，與黄作同。

又一體四十六字　　周邦彦

眉共春山争秀韻可憐長皺叶莫將清淚濕花枝句恐花也豆如人瘦叶　清潤玉簫閑久叶知音稀有叶欲知日日倚闌愁句但問取豆亭前柳叶

兩起句亦皆六字，與秦作同。兩次句皆四字，與張作同。

又一體四十五字　　吕渭老

宫錦裁書寄遠韻意長辭短叶香蘭泣露雨催蓮句暑氣昏池館叶　向晚小園行遍叶石榴紅滿叶

花花葉葉盡成雙句渾似我豆梁間燕叶

此與周作同，惟前結句五字微異。

又一體四十四字　無名氏

臘後東風微透韻越梅時候叶一枝芳信到江南句來報先春秀叶　宿醉頻拈輕嗅叶堪醒殘酒叶笛聲容易莫相催句留待纖纖手叶

見《梅苑》。兩起句六字，兩結皆五字。

又一體四十八字　嚴仁

清曉鶯啼紅樹韻又一雙飛去叶日高花氣撲人來句獨自個豆傷春無緒叶　別後暗寬金縷叶倩誰傳語叶一春不忍上高樓句爲怕見豆分攜處叶

前段次句五字，後段次句四字，前結句七字，與各家異。「個」字，《草堂》作「價」。

又一體四十六字　陳允平

欲寄相思愁苦韻倩流紅去叶淚花寫不斷離懷句都化作豆無情雨叶　渺渺暮雲江樹叶淡烟橫素句六橋飛絮句夕陽西盡句總是春歸處叶

此與周體同，惟後結改作兩四一五字，破句法也，與各家異。「絮」字偶合，非叶。

玉聯環四十九字

南園已恨歸來晚韻芳菲滿眼叶春工偏上好花多句疑不向豆空枝暖叶　祇恐紅雲易散叶叢叢看遍叶當時猶有蕊如梅句問幾日豆東風綻叶

此與《一絡索》全同，與馮偉壽《玉連環》無涉。後結句，《安陸集》作「問幾日上東風綫」，今從鮑刻《子野詞》。「祇」字，鮑本作「惜」。

又一體四十九字　陳鳳儀

蜀江春色濃如霧韻擁雙旌歸去叶海棠也似別君難句一點點豆啼紅雨叶　此去馬蹄何處叶向

沙堤新路叶禁林賜宴賞花時句還憶着豆西樓否叶

《古今詞話》：陳鳳儀有送別《一絡索》詞，傳唱一時。葉申薌《本事詞》：成都守蔣龍圖内召郡餞，時樂籍陳鳳儀侍宴，輒歌自製《洛陽春》以侑觴云云。蔣大贊賞，乃厚賜焉。愚按：各本以爲元人，誤。此與黄作《一絡索》全同，自是一調，所稱《洛陽春》蓋傳聞之誤。「禁」字，《本事詞》作「瓊」。

武陵春四十八字

秋染青溪天外水句風棹採菱還韻波上逢郎密意傳叶語近隔叢蓮叶　相看忘卻歸來路句遮日小荷圓叶菱蔓雖多不上船叶心眼在郎邊叶

《子野詞》屬雙調，《九宫大成》入高大石調。

《梅苑》：「陵」作「林」。

兩起與《阮郎歸》不同，自是兩調，舊譜合爲一調，非也。起句，一本作「秋染青溪在水」六字，各家皆七字。「遮日」句，一作「家在柳城前」。

又一體四十七字

每見韶娘梳鬢好句釵燕傍雲飛韻誰掬彤霞露染衣叶玉透柔肌叶　梅花瘦雪梨花雨句心眼未

芳菲叶看着嬌妝聽柳枝叶人意覺春歸叶

見鮑本。前結四字，比前作少一字，恐脱誤。

又一體四十九字　　李清照

風住塵香花已盡句日晚倦梳頭韻物是人非事事休叶欲語淚先流叶　聞説雙溪春尚好句也擬泛輕舟叶只恐雙溪舴艋舟叶載不動豆許多愁叶

後結句六字，比前作多一字。《詞匯》、《詞統》皆以「載」字爲襯字，「舟」字重叶。

夢仙鄉五十二字

寄遠

江東蘇小韻夭斜窈窕叶都不勝豆彩鸞嬌妙叶春艷上新妝換平風過著人香叶平　佳樹陰陰池院三換仄華燈綉幔三叶仄花月好豆豈能長見三叶仄離聚此生緣四換平何計問高天叶

《子野詞》屬雙調。

原題一作《寄越》。《詞譜》名《夢仙郎》。《詞律》未收。

凡四换韻，無他作者。「風過着」三字，鮑本作「肌肉過」，「何計」句，作「無計問天天」。

百媚娘七十四字

眼前

珠閣五雲仙子韻未省有誰能似叶百媚處算應天乞與句淨飾艷妝俱美叶取次芳華皆可意叶何處比桃李叶　蜀被錦文鋪水叶不放彩鴛雙戲叶樂事也知存後會叶争奈眼前心裡叶綠皺小池紅疊砌叶花外東風起叶

《子野詞》屬雙調。

《古樂府》有「思我百媚娘」句，此以第三句立名，自屬創製，他無作者。

「會」字偶合，不是叶韻。「取次」上鮑本多「若」字，當衍。「算」字，《詞律》作「等」，誤。「此」字作「無」，「能」字，葉《譜》作「得」，「乞」字作「付」。「鴛」字，一作「鸞」，據菉斐軒鈔本《安陸集》改正。

歸朝歡百四字　一名菖蒲綠

聲轉轆轤聞露井韻曉引銀瓶牽素綆叶西園人語夜來風句叢英飄墮紅成逕叶寶猊烟未冷叶蓮臺香蠟殘痕凝叶等身金句誰能得意句買此好光景叶　粉落輕妝紅玉瑩叶月枕橫釵雲墜領叶有情無物不雙棲句文禽只合常交頸叶晝長歡豈定叶争如翻作春宵永叶日曈曨句嬌柔懶起句簾幕捲花影叶

《子野詞》屬雙調，《樂章集》屬雙調，用入聲韻，《九宫大成》入南詞黄鐘宫正曲。與《滿朝歡》無涉，辛棄疾詞名《菖蒲緑》。「光」字，《詞律》作「風」，「長」字作「夜」，「幕」字作「壓」，鮑本作「押」。「捲」字作「殘」，今據陳無已《後山詩話》。

「曉」、「得」、「買」、「好」、「粉」、「月」、「有」、「只」、「懶」、「捲」可平。「聲」、「人」、「飄」、「蓮」、「誰」、「無」、「文」、「争」、「翻」、「簾」可仄。「凝」、「瑩」去聲。

雙燕兒五十字

榴花簾外飄紅韻藕絲罩豆小屏風叶東山别後句高唐夢短句猶喜相逢叶　幾時再與眠香翠句悔舊歡豆何事匆匆叶芳心念我句也應那裡句蹙破眉峰叶

《子野詞》屬歇指調。

各譜及《詞律》皆未載。

喜朝天百一字

清暑堂贈蔡君謨

曉雲開韻睨仙館凌虚句步入蓬萊叶玉宇瓊甃句對青林近句歸鳥徘徊叶風月頓消清暑句野色對

江山豆助詩才叶簫鼓宴句璇題寶字句浮動持杯叶　人多送目天際句識渡舟帆小句時見潮回叶故國千里句共十萬室句日日春臺叶睢社朝京非遠句正和羹豆民□渴鹽梅叶佳景在句吴儂還望句分闞重來叶

《子野詞》屬林鐘商。唐教坊曲有《朝天》，又有《西國朝天》。《宋史・樂志》有越調《萬國朝天樂》大曲，又琵琶獨彈曲破有《朝天樂》，正仙吕調，蓋取其名而自製新詞也。

「玉宇」句、「故國」句，用去仄平仄。「江山」句、「民□」句用平平仄平平。「對青林」句、「共十萬」句中二字相連，均勿誤。「曉」字，一作「晚」，「頓消」二字作「從今」，「對」字作「帶」。「野色」句，一作「對江山野色助詩才」與後晁作不合。「人」字作「天」，「天」字作「無」，「朝」字作「廟」，今從鮑本。「民□」□字當是缺字空格，非口字也。此字照晁作宜用平聲。「對」、「景」可平。「清」、「非」、「羹」可仄。

又一體百三字

秦宅海棠作　　晁補之

衆芳殘韻海棠正輕盈句緑鬢朱顔叶碎錦繁繡句更柔柯映碧句纖綃匀殷叶誰與將紅間白句採熏籠豆仙衣覆斑爛叶如有意豆濃妝淡抹句斜倚闌干叶　妖嬈向晚春後句慣困敧晴景句愁怕朝寒叶縱有狂雨句便離披瘦損句不奈幽閒叶素李來禽總俗句謾遮映豆終羞格疏頑叶誰來顧豆斜風教舞句月下庭間叶

前後段第五句各五字，比前作各多一字。「瘦」字、「李」字，《汲古》、《詞律》缺，據《詞律訂》補。「間」去聲。

破陣樂百三十三字

錢塘

四堂互映句雙門並麗句龍閣開府韻郡美東南第一句望故苑豆樓臺霏霧叶垂柳池塘句流泉巷陌句吳歌處處叶近黄昏句漸更宜良夜句簇繁星燈燭句長衢如畫宜叶暝色韶光句幾簾粉面句飛甍朱戶叶　歡遇叶雁齒橋紅句裙腰草緑句雲際寺句林下路叶酒熟梨花賓客醉句但覺滿山簫鼓叶盡朋游句因民樂句芳菲有主叶自此歸從泥詔去叶指沙堤句南屏水石句西湖風月句好作千騎行春句畫圖寫取叶

唐教坊曲名。《羯鼓録》屬太簇商，《宋史・樂志》正宮，歷代歌辭《破陣樂》小歌曲，《樂苑》商調曲。《子野詞》屬林鐘商。愚按：太簇商，即俗名中管高大石調，林鐘商即俗名歇指調。

《唐書・禮樂志》：太宗製七德舞，本名《秦王破陣樂》。劉餗《隋唐嘉話》：太宗平劉武周，河東士庶歌舞於道，軍人相與爲《秦王破陣樂》之曲。及即位，宴會必奏之，後因編入《樂府》。陳暘《樂書》：唐《破陣樂》屬龜兹部，秦王所製。舞用二千人，皆畫衣甲執旌旗。外藩鎮春秋犒軍設樂，亦舞此曲，兼馬軍引入場，尤壯觀也。《綱目》注云：此曲舞用百二十八人，披銀甲執戟而舞，後更號《神功破陣樂》。貞觀七年正月，宴元武門，更名《破陣樂》曰《七德舞》。此與《破陣子》、《小秦王》無涉。

「閣」、「處」、「有」、「寫」四字必仄聲，「畫」字、「月」字宜叶韻。「簇繁星」，鮑本作「簇簇繁星」，據柳作不應多一字。「簾」字作「許」，亦當用平。「歡遇」二字作「和煦」，「因」字作「同」。「郡」、「簇」可平。

又一體百三十三字

柳　永

露花倒影句烟蕪蘸碧句靈沼波暖韻金柳摇風木末句繫彩舫豆龍船遥岸叶千步虹橋句參差雁齒句直趨水殿叶遶金堤豆曼衍魚龍戲句簇嬌春羅綺句喧天絲管叶霽色榮光句望中似睹句蓬萊清淺叶時見叶鳳輦宸游句鸞觴禊飲句臨翠水句開鎬宴叶兩兩輕舠飛畫檝句競奪錦標霞爛叶罄歡娱句歌魚藻句徘徊宛轉叶别有盈盈游女句各委明珠句争收翠羽句相將歸遠叶漸覺雲海沉沉句洞天日晚叶

《樂章集》亦屬林鐘商。

後段第十句六字，十一句四字，「管」字、「遠」字叶韻，與張作異。「木末」二字，《汲古》作「木木」，《詞律》遂於「繫」字句。「見」字作「先」，「罄」字作「聲」，「委」字作「採」，「遠」字作「去」。一本「女」字上多「洛」字，下缺「各」字，俱誤。今據宋本改正。

醉紅妝五十二字　一名醉紅樓

瓊林玉樹不相饒韻薄雲衣句細柳腰叶一般妝樣百般嬌叶眉兒秀句總如描叶　東風摇草雜花飄叶恨無計句上青條叶更起雙歌郎且飲句郎未醉句有金貂叶

《子野詞》屬中吕調。

舊説因黄庭堅詞有「望不見江東路」句，又名《望江東》。然彼是仄韻，大相逕庭，宜分列。

四段相同，只「更起」句不叶韻，而三字句一用仄平平，一用平平仄，一用仄平仄，一用平仄仄，錯落有法，「兒」字，

《草堂詩餘》作「眼」。「秀」字，鮑本作「細」，「總」字作「好」，「雜」字作「百」。

于飛樂 七十三字或加字令　一名鴛鴦怨曲

寶奩開句菱聯淨句一掬青蟾韻新妝臉豆旋學花添叶蜀紅衫句雙綉蝶句裙縷鵜鶘叶尋思前事句小屏風豆巧畫江南叶　怎空教豆草解宜男叶柔桑暗豆又過春蠶叶正陰晴天氣句更暝色相兼叶幽期消息句曲房西豆醉月篩簾叶

《子野詞》屬高平調，金詞亦注高平調，元詞注南吕調，《九宫大成》入南詞羽調引。

史達祖詞名《鴛鴦怨曲》，一本加「令」字。

通首用覃鹽韻，謹嚴可法。「巧」字，各本作「仍」，誤，據鮑本改正。《詞律》於「晴」字、「更」字斷句，非。此與後毛作及杜安世《兩同心》句法同，亦破句法也。

又一體 七十二字

晏幾道

曉日當簾句睡痕猶占香腮韻輕盈笑倚鸞臺叶暈殘紅句勻宿翠句滿鏡花開叶嬌蟬鬢畔句插一枝豆

淡蕊疏梅叶　每到春深句多愁饒恨句妝成懶下香階叶意中人句從別後句縈繫情懷叶良辰好景句相思字豆喚不歸來叶

前起二句，一四兩六字，後起二句，兩四一六字，與張作異。

又一體 七十六字

和太守曹子方　毛滂

水邊山句雲畔水句新出烟林韻送秋來豆雙檜寒陰叶檜堂寒句香霧碧句簾箔清深叶放衙隱几句誰知共豆雲水無心叶　望西園飛蓋句夜月到清尊叶爲詩翁豆露冷風清叶褪紅裙句袪碧袖句花草争春叶勸翁須飲句莫辜負豆風月留人叶

前段同張作，後起處，《詞律》分兩三字，一四字，句意與前段合。愚按：「到」字疑是「倒」字之訛，當分兩五字句，與張作「正陰晴」二句句法同。毛又一首，換頭用兩三、一四字句，前段用閉口韻，後段雜入庚、青、真、文太涉泛濫，不宜從。「褪」字，《汲古》、《詞律》作「退」，「袪」字作「去」，注宜平。「須」字作「強」，今據《詞律訂》改正。

畫堂春 四十九字

外湖蓮子長參差韻霽山青處鷗飛叶水天溶漾畫橈遲叶人影聯中移叶　桃葉淺聲雙唱句杏紅

深色輕衣叶小荷障面避斜暉叶分得翠陰歸叶

《九宫大成》入南詞高大石調引。

此下俱見《安陸集》，皆不注宫調。

「聯」字，《安陸集》作「檻」。

又一體四十七字

秦觀

落紅鋪徑水平池韻弄晴小雨霏霏叶杏園憔悴杜鵑啼叶無奈春歸叶柳外畫樓獨上句憑闌手捻花枝叶放花無語對斜暉叶此恨誰知叶

兩結句各四字，與前異。

《詞律》爲徐俯作，誤。

又一體四十八字

趙長卿

輦下游西湖有感

還是春風客路句對花湖光乘雨碧連天韻繞堤映草芊芊叶舞風楊柳欲撕綿叶依依起翠烟叶

空負嬋娟叶暮寒樓閣碧雲間叶羅袖成斑叶

前結五字，後結四字，與前異。《詞律》未收此體。

又一體四十八字

長新亭小飲　趙長卿

小亭烟柳水溶溶韻野花白白紅紅叶惱人池上晚來風叶吹損春容叶　又是清明天氣句記當年豆小院相逢叶憑闌幽思幾千重叶殘杏香中叶

後段次句七字，與前異。兩結俱四字，同秦作。《歷代詩餘》無「記」字。「思」去聲。

又一體四十九字　趙長卿

當年巧笑記相逢韻玉梅枝上玲瓏叶酒杯流處已愁儂叶寒雁横空叶　去程無計更從容叶到歸來豆好事匆匆叶一時分付不言中叶此恨難窮叶

後起七字，次句亦七字，與前又異。

又一體四十五字　　石孝友

寒蛩切切響空幃韻斷腸風葉霜枝叶鳳樓何處雁歸遲叶空數歸期叶　沈腰春瘦句卻成宋玉秋悲叶又還辜負菊花時叶没個人知叶

前段與秦作同。後起句四字，與各家異。《汲古》以「空數」句屬下段，大誤。或因此脱寫二字，姑存之。

又一體四十五字　　謝懋

西風庭院雨垂垂韻黃花秋閏遲叶已涼天氣未寒時叶纔褪單衣叶　睡起枕痕猶在句鬢鬆釵壓雲低叶玉奩重拂淡胭脂叶情入雙眉叶

前段次句五字，餘同秦作。

慶春澤六十六字

飛閣危橋相倚韻人獨立東風句滿衣輕絮借叶還記憶江南句如今天氣叶正白蘋花句遶堤漲流

水叶　寒梅落盡誰寄叶方春意無窮句青空千里叶愁草樹依依句關城初閉叶對月黄昏句角聲傍烟起叶

此與《慶春澤慢》及《高陽臺》之别名，皆不同，宜各列。《詞律》云："「絮」字借叶，是，餘説以「記」字、「草」字爲句，不確，張别作及王沂孫作可證。兩次句、四句皆一領四字，「正」字、「對」字是領句字。「漲流水」、「傍烟起」用去平上，勿誤，《詞律》漏注。「橋」字，葉《譜》作「樓」。「角」可平。「飛」、「如」、「青」、「關」、「昏」可仄。

青門引 五十二字

春思

乍暖還輕冷韻風雨晚來方定叶庭軒寂寞近清明句殘花中酒句又是去年病叶　樓頭畫角風吹醒叶入夜重門静叶那堪更被明月句隔牆送過鞦韆影叶

此與《青門飲》、《青門怨》皆無涉。《草堂詩餘》題曰「懷舊」。青門，長安城東門也，見《三輔黄圖》。「青」或作「清」，非。

惜瓊花 六十字

汀蘋白韻苕水碧叶每逢花駐樂句隨處歡席叶别時攜手看春色叶螢火而今句飛破秋夕叶　汴

河流句如帶窄叶任身輕似葉句何計歸得叶斷雲孤鶩青山極叶樓上徘徊句無限相憶叶

「處」、「破」、「計」、「限」四字必去聲，勿爲《圖譜》所誤。「河流」上各本少「汴」字，一本無「身」字、「何」字。「身輕」二字，一作「輕舟」。「雲」字，葉《譜》作「霞」，「限」字作「盡」，據鮑本訂正。「看」平聲。

行香子六十六字

美人

舞雪歌雲韻閒淡妝勻叶藍溪水豆深染輕裙叶酒香熏臉句粉色生春叶更巧談話句美情性句好精神叶　江空無畔句凌波何處句月橋邊豆青柳朱門叶斷鐘殘角句又送黄昏叶奈心中事句眼中淚句意中人叶

《太平樂府》、《中原音韻》俱注雙調，《九宮大成》入南詞中吕宮引，又入北詞雙調隻曲。

《古今詩話》：有客謂子野曰：「人皆謂公張三中，即心中事，眼中淚，意中人也」。公曰：「何不目之爲張三影？」客不曉，公曰：『「雲破月來花弄影」，「嬌柔懶起，簾厭捲花影」，「柳徑無人，墮飛絮無影」，此予生平所得意也。』各本皆作歐陽修，誤。一本無「深」字，「月橋邊」三字作「向越橋邊」，「巧」字作「雅」，「美」字作「好」，「好」字作「美」。「江空」二字，《花庵詞選》作「空江」。「酒」、「粉」、「巧」、「話」、「美」、「斷」、「又」、「事」、「眼」可平。「藍」、「深」、「熏」、「情」、「江」、「無」、「青」、「心」、「中」可仄。

又一體六十六字　　晏幾道

晚緑寒紅韻芳意匆匆句惜年華豆今與誰同叶碧雲零落句數字征鴻叶看渚蓮凋句宮扇舊句怨秋風叶　流波墜葉句佳期何在句想天教豆離恨無窮叶試將前事句閑倚梧桐叶有銷魂處句明月夜句錦屏空叶

後起二句不叶韻。「紅」字，一作「江」，誤。「錦」字，《汲古》作「粉」。

又一體六十六字

茶　　蘇軾

綺席纔終韻歡意猶濃叶酒闌時豆高興無窮叶共誇君賜句初坼臣封叶看分香餅句黃金縷句密雲龍叶　鬥贏一水句功敵千鍾叶覺涼生豆兩腋清風叶暫留紅袖句少卻紗籠叶放笙歌散句庭館静句略從容叶

《古今詞話》：秦、黃、張、晁爲蘇門四學士，每來必命取密雲龍供茶，家人以此記之。廖明略晚登東坡之門，公大奇之，一日又命取密雲龍，家人謂是四學士，窺之，則廖明略也。坡爲賦《行香子》一闋。首句起韻，後起次句亦叶，平仄異。蘇又一首後起用平仄平平不叶，可不拘。「龍」字，一本作「籠」，誤。

又一體六十八字

柳　　　杜安世

黃金葉細句碧玉枝纖韻初暖日豆當乍晴天叶向武昌溪畔句於彭澤門前叶陶潛影句張緒態句兩相牽叶　數株堤面句幾樹橋邊叶嫩垂條豆絮蕩輕綿叶繫長江舴艋句拂深院鞦韆叶寒食下句半和雨句半和烟叶

前後首句不叶韻，次句俱叶，第四、五句皆五字，結尾三句上各少一領句字，與各家異。

又一體六十四字

馬上有感　　　趙長卿

驕馬花驄韻柳陌經從叶小春天豆十里和風叶個人家住句曲巷牆東叶好軒窗句好體面句好儀容叶　燭炧歌慵叶斜月朦朧叶夜新寒豆斗帳香濃叶夢回畫角句雲雨匆匆叶恨相逢句恨分散句恨情鍾叶

前後起四句俱叶韻，兩結亦無領句字，與各家又異。「歌」字，一本作「燈」。

又一體六十六字

雲巖道中　辛棄疾

雲岫如簪韻野漲挼藍叶向春闌豆綠醒紅酣叶青裙縞袂句兩兩三三叶把麴生禪句玉版局句一時參叶　拄杖彎環句過眼嵌巖叶岸輕烏豆白髮鬖鬖叶他年來種句萬桂千杉叶聽小綿蠻句新格磔句舊呢喃叶

前起二句叶韻，後起句不叶，次句叶，餘同張、蘇兩作。通體用覃咸韻，甚謹嚴。「環」字斷，非叶。「桂」字，一作「樹」，誤。「玉」作平聲。

又一體六十四字　許古

秋入鳴皋韻爽氣飄蕭叶掛衣冠豆初脱塵勞叶窗間巖岫句看盡昏朝句夜山低句晴山近句曉山高叶　細數閒來句幾處村醪叶醉模糊豆信手揮毫叶等閒陶寫句問甚風騷叶樂因循句能潦倒句也逍遥叶

兩起同辛作，兩結同杜、趙兩作。

又一體六十七字

舟宿蔄灣　蔣捷

紅了櫻桃韻綠了芭蕉叶送春歸豆客尚蓬飄叶昨宵穀水句今夜蘭皐叶奈何雲溶溶句雨蕭蕭叶銀字笙調叶心字香燒叶料芳踪豆乍整還凋叶待將春恨句都付春潮叶過窈娘堤句秋娘渡句泰娘橋叶

前結用兩字領句，比各家多一字，或「何」字是誤多。

碧牡丹七十五字

晏同叔出姬

步障摇紅綺韻曉月墜豆沉烟砌叶緩板香檀句唱徹伊家新製叶怨入眉頭句斂黛峰横翠叶芭蕉寒句雨聲碎叶　鏡華翳叶閒照孤鸞戲叶思量去時容易叶鈿合瑶釵句至今冷落輕棄叶望極藍橋句但暮雲千里叶幾重山句幾重水叶

金詞注中吕調，《九宫大成》入南詞仙吕宫正曲。與《碧牡丹慢》無涉。

王暐《道山清話》：晏元獻爲京兆，辟張先爲通判，新納侍兒，公甚屬意。先能寫詩詞，公雅重之。每張來邸，令侍兒出侑觴，往往歌子野所爲之詞。其後王夫人寖不容，公即出之。一日子野至，公與之飲，子野作此詞令營妓歌之。至末句，公聞之，憮然曰：「人生行樂耳，何自苦如此！」亟命於宅庫支錢若干，復取前所出侍兒。既來，夫人亦不復誰何也。

「斂黛」句、「但暮」句，是一領四字句法。晁補之作五言詩句，「至今冷落」，晁作「困入流波」，可不拘。「墜」字。葉《譜》作「墮」，「板」字作「拍」，「家」字作「州」。「曉」、「月」、「斂」可平。「伊」、「新」、「芭」、「寒」、「閒」可仄。

又一體 七十四字

晏幾道

翠袖疏紈扇韻涼葉催歸燕叶一夜西風豆幾處傷高懷遠叶細菊枝頭句開嫩香還遍叶月痕依舊庭院叶　事何限叶悵望秋意晚叶離人鬢華將換叶靜憶天涯句路比此情還短叶試約鸞箋句傳素期良願叶南雲應有新雁叶

《汲古》以「事何限」屬上段，誤。前段次句五字，兩結作六字句，與張作異。「意」字用仄亦異。「葉」字，葉《譜》作「月」，「意」字作「色」，「鸞」字作「蠻」。「還」字，《汲古》作「猶」。

少年游慢 八十四字

春城三二月韻禁柳飄綿未歇叶仙籞生香句輕雲凝紫臨層闕叶歌掌明珠滑句酒臉紅霞發叶華省

名高句少年得意時節叶　畫刻三題徹叶梯漢同登蟾窟叶玉殿初宣句銀袍齊脱生仙骨叶花探都門曉句馬躍芳衢闊叶宴罷東風句鞭梢一行飛雪叶

此與《少年游》小令迥别，故另列。因前結句立名，詞以小令衍爲慢曲者始此。郭茂倩《前緩聲歌》題解：緩聲，歌聲之緩也。按，慢猶緩義也。慢，曼也，曼引其聲以長之也。

「刻」字，葉《譜》作「漏」。「探」、「行」去聲。

剪牡丹百一字

舟中聞雙琵琶

野緑連空句天青垂水句素色溶漾都淨韻柔柳摇摇句墜輕絮無影叶汀洲日落人歸句修巾薄袂句擷香拾翠相競叶如解凌波句泊烟渚春暝叶　彩絳朱索新整叶宿繡屏豆畫船風定叶金鳳響雙槽句彈出古今幽思誰省叶玉盤大小亂珠迸叶酒上妝面句花艷媚相并叶重聽叶盡漢妃一曲句江空月静叶

《宋史·樂志》：女弟子舞隊第四曰佳人剪牡丹隊。

「柔柳」句，據《古今詞話》當作「柳徑無人」較勝，説見《行香子》下。《詞律》謂通篇俱有訛錯，未必然也。「彈出」句八字，是二字領起下六字句。「古今」二字鮑本作「今古」。「思」去聲。

泛清苕百八字　一名濺羅裙　感皇恩

正月十四日與公擇吴興泛舟

緑淨無痕韻過曉霽句清苕鏡裡游人叶紅柱巧句彩船穩换仄叶當筵主豆祕館詞臣平叶吴娃勸飲韓娥唱句競艷容豆左右皆春平叶學爲行雨句傍畫槳句從教水濺羅裙平叶　淡烟混月黄昏平叶漸樓臺上下句火影星分平叶飛檻倚句斗牛近仄叶響簫鼓豆遠破重雲平叶歸軒未至千家待句掩半妝豆翠箔朱門平叶衣香拂面句扶醉卸簪花句滿袖餘温平叶

此調見《安陸集》自度曲，取次句爲名。因前結句又名《濺羅裙》，一名《感皇恩》。與張先、蘇軾之正調無涉。《詞律》失收。

「穩近」二字是以仄叶平。「柱」字，《安陸集》作「妝」，「勸」字作「歡」，「娥」字作「娼」，皆誤。「皆」字作「生」，「彩」字葉《譜》作「畫」，「淡」字作「溪」，「妝」字作「牀」，當從鮑本《子野詞補遺》。

雙韻子四十九字

嗚鞘電過句曉闈静斂句龍旗風定韻鳳樓遠出霏烟句聞笑語豆中天迥叶　清光近句歡聲競叶鴛鴦集豆仙花鬥影叶更聞度曲瑶山句升瑞日豆春宫永叶

《九宫大成》入南詞羽調正曲。

此與《雙聲子》不同，金元曲子有雙聲疊韻，調名疑出於此，《詞律》未收。
此下三調見《子野詞》，而《安陸集》不載。葉《譜》、戈本皆以「静」字爲首句起韻，「斂」字屬下句。「近」字《詞譜》注叶，似可不必。「鶱」字，《詞譜》作「騫」。「閩」字，一本作「闌」。

熙州慢 九十六字

贈述古

武林鄉句占第一湖山句詠畫争巧韻鷲石飛來句倚翠樓烟靄句清猿啼曉叶況值禁垣師帥句惠政流入歡謡換平叶朝暮萬景句寒潮弄月句亂峰回照叶　天使尋春不早叶並行樂豆免有花愁花笑叶持酒更聽句紅兒肉聲長調叶瀟湘故人未歸句但目送豆游雲孤鳥叶際天杪叶離情盡寄芳草叶

宋改鎮洮軍爲熙州，本漢時隴西郡，見《輿地廣記》。
周邦彥《氐州第一》詞注一作《熙州摘遍》，或此調不止一首，周因摘其一遍，故字句不相合也。詞之以「慢」名者始此。
此調無他作可證。「畫」、「更」、「老」、「寄」四字去聲，「朝暮萬景」句用平去去上，勿誤。「謡」字宜仄，叶韻。然「謡」字無仄聲，是以平叶仄。《詞譜》云，亦三聲叶。《詞律》未收。「聽」平聲。

沁園春百十五字　一名洞庭春色　東仙　壽星明　大聖樂

寄都城趙閱道

心膂臣句帷幄元勛句左右萬幾韻暫武林分閫句東南外翰句錦衣鄉社句未滿瓜時叶易鎮梧臺句宣條期歲句又西指夷橋千騎移叶珠灘上句喜甘棠翠蔭句依舊春暉叶　須知叶繫國安危叶料節召還趨浴鳳池叶且代工施化句持鈞播澤句置盂天下句此外何思叶素卷書名句赤松游道句飆馭雲駢仙可期叶湖山美句有啼猿唳鶴句相望東歸叶

金詞注般涉調，蔣氏《十三調譜目》注中吕調，《九宫大成》入南詞中吕宫引，許《譜》同。程垓減字詞名《洞庭春色》。張輯詞有「號我東仙」句，名《東仙》，李劉詞名《壽星》。《明詞統》云：一名《大聖樂》。第二句各家平仄不同，可不拘。三句更不同，宜用仄上去平爲是。且第三字必得用去聲，自當以張，蘇兩作爲式。第十句有前七後八字者，有前八後七字者，換頭次句，或七字，或八字，皆不拘，所謂襯字也。「閫」字、「化」字皆當用仄，「千」字、「浴」字作平，「仙」字，皆當用平聲，勿誤。其餘體格不同者列後。

又一體百十四字　　蘇　軾

孤館燈青句野店鷄號句旅枕夢殘韻漸月華收練句晨霜耿耿句雲山摛錦句朝露漙漙叶世路無窮句勞生有限句似此區區長鮮歡叶微吟罷句憑征鞍無語句往事千端叶　當時共客長安叶似二陸

初來俱少年叶有筆頭千字句胸中萬卷句致君堯舜句此事何難叶用舍由時句行藏在我句袖手何妨閑處看叶身長健句但優游卒歲句且鬥尊前叶

前後段第十句皆七字，比張作各少一字。換頭第二字不叶韻。「摛」字，葉《譜》作「橫」，「鮮」字作「尠」。

又一體百十三字

蠟梅　　曾　鞏

絳萼欺寒句暗傳春信句一枝乍芳韻向籬邊竹外句前村雪裡句青梢猶瘦句疏影溪傍叶惹露和烟凝酥艷句似瀟灑玉人初試妝叶江南路句有多情佇立句迴盡柔腸叶　倚樓最難忘處句正皓月豆千里流光叶縱廣平心動句難思麗句句少陵詩興句猶愛清香叶休怪東君先留意句問他日和羹誰又強叶還輕許句笑凌空檜影句松蔭交相叶

第三句平仄異。前後段第八句七字，九句八字，換頭句不叶韻。次句七字，上三下四字，俱與張、蘇兩作異。

又一體百十五字

春思　　秦　觀

宿靄迷空句膩雲籠日句晝景漸長韻正蘭皋泥潤句誰家燕喜句蜜脾香少句觸處蜂忙叶盡日無人

簾幕掛句更風遞游絲時過牆叶微雨後句有桃愁杏怨句紅淚淋浪叶　風流寸心易感句但依依佇立句回盡柔腸叶念小奩瑤聯句重勻絳蠟句玉籠金斗句時熨沉香叶柳下相將游冶處句便回首青樓成異鄉叶相憶事句縱蠻箋萬疊句難寫微茫叶

此與曾作同，只後段二三句，一五一四字，比曾作多一字。

又一體百十四字　賀鑄

官燭分烟句禁池開鑰句鳳城暮春韻向落花香裡句澄波影外句笙歌遲日句羅綺芳塵叶載酒追游句聯鑣歸晚句燈火平康尋夢雲叶逢迎處句最多才自負句巧笑相親叶　離群叶客宦漳濱叶但驚見來鴻歸燕頻叶念日邊消耗句天涯悵望句樓臺清曉句簾幕黄昏叶無限悲涼句不勝憔悴句斷盡危腸消盡魂叶方年少句恨功名誤我句樂事輸人叶

字數與蘇作同。換頭句，叶二韻，與張作同。

又一體百十二字　韓玉

壯歲耽書句黄卷青燈句留連寸陰韻到中年贏得句清貧更甚句蒼顏明鏡句白髮輕簪叶衲被蒙頭句

草鞋着腳句風雨蕭蕭秋意深叶淒涼否句瓶中匱粟句指下忘琴叶　一篇梁父高吟叶看谷變陵遷古又今叶便離騷經了句靈光賦就句行歌白雪句愈少知音叶試問先生句如何即是句布袖長垂不上襟叶掀髯笑句一杯有味句萬事無心叶

前後段第十句七字，十二句四字，比諸家各少一字。

又一體百十五字　葛長庚

客裡家山句記踏來時句水曲山崖韻被灘聲喧夜句鷄聲破曉句匆匆驚覺句依舊天涯叶抖擻征衣句寒欺薄袂句回首銀河西未斜叶塵埃積句歎有如此髮句空爲伊華叶　古來旅況堪嗟叶儘貧也還須貧在家叶料驛舍傍邊句月痕白處句暗香微度句應是梅花叶揀折一枝句路逢南雁句和兩字平安寄與他叶教知道句有長亭短堠句五飯三茶叶

前段第十句七字，後段第十句八字。

又一體百十六字　林正大

括酒德頌

大人先生句高懷逸興句酒因寓名韻縱幕天席地句居無廬室句以八荒爲域句日月爲扃叶貴介時

豪句縉紳處士句未解先生酒適情叶徒勞爾句漫是非蜂起句有耳誰聽叶　先生挈榼提罍叶更箕踞銜杯枕麯生叶但無思無慮句陶陶自得句任兀然而醉句恍然而醒叶靜聽無聞句熟觀無覩句以醉爲鄉樂性真叶誰知我句彼二豪猶是句蜾蠃螟蛉叶

前後段第六句五字，比各家多一字，十句七字同蘇作。

又一體百十字

晁共道侍郎生日　王千秋

荳蔻嬌春句烟花羞暖句物華漸嘉韻也不須鶯怨句桃封絳萼句也不須蜂恨句蘭鬱金芽叶料是東君句都將和氣句分付清豐詩禮家叶光閭慶句有青氈事業句丹鳳才華叶　乘槎叶早上雲霞叶侍祠甘泉瞻羽車叶試笑憑熊軾句嘉禾合穗句進思魚鑰句菡萏駢花叶蕭寇勛名句龔黄模樣句入拜行趨堤上沙叶今宵裡句且觥船滿棹句醉帽欹斜叶

前段第六句五字與林作同，後段次句七字與各家異。晁説之，字以道，「共道」當作「以道」。

又一體百十四字

次强雲卿韻　　蔣捷

結算平生句風流債負句請一筆勾韻蓋攻性之兵句花圍錦陣句毒身之酖句笑齒歌喉叶豈識吾儒句道中樂地句絕勝珠簾十里迷樓叶因底嘆句晴乾不去句待雨淋頭叶　休休叶着甚來由叶硬鐵漢從來氣食牛叶但只有千篇句好詩好曲句都無半點句閒悶閒愁叶自古嬌波句溺人多矣句試問還能溺我否叶高抬眼句看牽絲傀儡句誰弄誰收叶

前段第十句八字，比各家多一字，或「迷」字是衍文。十二句四字少一字。

洞庭春色百十二字

程垓

錦字親裁句淚巾偷裛句細說舊時韻記笑桃門巷句妝窺寶靨句弄花庭榭句香濕羅衣叶幾度相隨游冶去句任月細風尖猶未歸叶多少事句有垂楊眼見句紅燭心知叶　如今事都過也句但贏得豆雙鬢成絲叶嘆半妝紅豆句相思有分句兩分青鏡句重合難期叶惆悵一春飛絮句夢悠颺教人分付誰叶銷魂處句又梨花雨暗句半掩重扉叶

蘇軾《洞庭春色》詩序云：安定郡王以黃柑釀酒，謂之洞庭春色，色香味三絕。

此即《沁園春》之別名，《詞統》以爲非。《詞律》云：後段次句七字不同，不知正與曾體合，實是一調。《梅苑》有一首，「游冶」二字、「分付」二字俱用平平，與曾全合。「惆悵」句六字，比後陸作少一字，或是脱誤。

又一體 百十三字

陸　游

壯歲文章句暮年勛業句自昔誤人韻算英雄成敗句軒裳得失句難如人意句空喪天真叶請看邯鄲當日夢句待吹罷黃粱徐欠伸叶方知道豆許多時富貴句何處關身叶　人間定無可意句怎換得豆玉膾絲蓴叶且釣竿漁艇句筆牀茶竈句閒聽荷雨句一洗衣塵叶洛水情關千古後句尚棘暗銅駝空愴神叶何須更豆慕封侯定遠句圖像麒麟叶

此與曾作全合。「洛水」句七字，比程作多一字。

落梅風 四十一字

宮烟如水濕芳晨韻梅似雪相親叶數枝春叶惹香塵叶　壽陽嬌面偏憐惜句妝成一片花新叶鏡中重把玉纖勻句酒初醺叶

《九宮大成》入南詞小石調引，一名《壽陽曲》。調見《梅苑》無名氏，與王詵之《落梅》、《落梅慢》皆無涉。獨《歷代詩餘》爲張先作。《安陸集》、鮑刻《子野詞》皆不載。「梅」字上，《詞譜》據《詞鵠》本多「寒」字，「數枝春」上多「玉樓側畔」四字。今從《梅苑》、《歷代詩餘》本。明解縉有單調一首，因明人不録。「片」字，《梅苑》作「面」，重誤。

漢宮春 九十六字 或加慢字 一名慶千秋

蠟梅

紅粉苔牆韻透新春消息句梅粉先芳叶奇葩異卉句漢家宮額塗黄叶何人鬥巧句運紫檀剪出蜂房叶應爲是豆中央正色句東君别與清香叶 仙姿自稱霓裳叶更孤標俊格句霏雪凌霜叶黄昏院落句爲誰密解羅囊叶銀瓶注水句浸數枝豆小閣幽窗叶春睡起豆纖條在手句厭厭宿酒殘妝叶

《九宮大成》入南詞高大石調正曲，許《譜》同。

《高麗史・樂志》作《漢宮春慢》，此以第五句立名。《安陸集》不載，又見《梅苑》。

「粉」字，一本作「蕊」，「運」字葉《譜》作「暈」，「密」字作「别」，「起」字作「别」。「霏」字，鮑本作「非」，誤。

趙長卿一首於末二句兩六字，因俳體，不録。「漢」、「紫」、「剪」、「别」、「爲」、「數」、「在」、「宿」可平。「紅」、「新」、「消」、「梅」、「東」、「姿」、「孤」、「霏」、「小」、「厭」可仄。「稱」去聲。「應」，平聲。

又一體九十七字　張先

玉減香銷句被嬋娟誤我句臨鏡妝慵韻無聊強開強解句蹙破眉峰叶憑高望遠句但斷腸豆殘月初鐘叶須信道豆承恩不在貌句如何教妾爲容叶　風暖鳥聲和碎句更日高院静句花影重重叶愁來只待殢酒句酒薄愁濃叶長門怨感句恨無金豆買賦臨邛叶翻動念豆年年伴女句越溪共採芙蓉叶

兩起句不叶韻。前段第八句五字，比前作多一字。前後第四、五句上六下四字，亦差異。

又一體九十六字　晁冲之

黯黯離懷句向東門繫馬句南浦移舟韻熏風亂飛燕子句時下輕鷗叶無情渭水句問誰教豆日日東流叶常是送豆行人去後句烟波一晌離愁叶　回首舊游如夢句記踏青殢飲句拾翠狂游叶無端彩雲易散句覆水難收叶風流未老句拚千金豆重入揚州叶應又似豆當年載酒句依前名占青樓叶

《西今詞話》晁冲之，政和間作《漢宮春·詠梅》獻蔡攸，攸以進其父京，曰：「今日於樂府中得一人，因以大晟府丞用之。」

與張作第一首全同。只前段八句四字與各家同。「飛」字、「雲」字，辛棄疾用仄，各家皆否，可不從。此體宋人最多。

又一體九十四字

元夕　彭元遜

十日春風句又一番調弄句怕暖愁陰韻夜來風雨句搖得楊柳黄深叶熏篝未斷句夢舊寒豆淺醉同衾叶便是聞燈見月句看花對酒驚心叶　攜手滿身花影句香霏冉冉句露濕羅襟叶笙歌行人歸去句回首沉沉叶人間此夜句誤春光豆一刻千金叶明日問豆紅巾青鳥句蒼苔自拾遺簪叶

前結少一字，後段第二句亦少一字，與前異。

又一體九十四字

王觀

江月初圓句正新春夜永句燈市行樂韻芙渠萬朵句向晚爲誰開卻叶層樓畫閣叶盡捲上豆東風簾幕叶羅綺擁豆歡聲和氣句驚破柳梢梅萼叶　綽約叶暗塵浮動句正魚龍曼衍句戲車交作叶高牙影裡句緩控玉羈金絡叶鉛華間錯叶更一部豆笙歌圍著叶香散處豆厭厭醉聽句南樓畫角叶

此用仄韻。葉《譜》：無名氏。

前後段第六句俱叶韻，後起二字藏韻。結尾少二字，恐有遺脱。

又一體九十六字　一名慶千秋

慈寧殿元夕　康與之

雲海沉沉句峭寒收建章句雪殘鳷鵲韻華燈照夜句萬井禁城行樂叶春隨鬢影句映參差豆柳絲梅萼叶丹禁杳豆鰲峰對聳句三山上通寥廓叶　春衫繡羅香薄叶步金蓮影下句三千綽約叶冰輪桂滿句皓色冷侵樓閣叶霓裳帝樂句奏昇平豆天風吹落叶留鳳輦豆通宵宴賞句莫放漏聲閑卻叶

《九宮大成》入北詞平調隻曲，名《慶千秋》。

此亦用仄韻，换頭句叶韻，「鬢影」二字不叶「帝樂」叶，餘同張作。「春隨」句、「霓裳」句，《圖譜》作七字句，《詞律》辨其誤。此等句法，原可通用，但不可於三五字讀耳。如《玉燭新》、《疏影》等調皆然。

慶千秋九十六字

歐慶嗣

點檢堯蓂句自元宵過了句兩莢初飛韻葱葱鬱鬱佳氣句喜溢庭闈叶誰知降豆月裡姮娥句欣對良時叶但見婺星騰瑞彩句年年輝映南箕叶　好是庭階蘭玉句伴一枝丹桂句戲舞萊衣叶椒觴迭將捧獻句歌曲吟詩叶如王母豆欽對群仙句同宴瑶池叶萱草茂句長春不老句百千祝壽無期叶

周密天基聖節樂次第十盞笛獨吹高平調《慶千秋》。《九宮大成》入北詞平調隻曲，一名《漢宫春》。《高麗史·樂志》名《漢宫春慢》。

見《花草粹編》。《翰墨全書》：此壽詞也。《詞譜》、《詞律》皆未載。調與《漢宮春》相似，惟兩六句上三下四字，句法倒轉，八句七字不於「嫠」字逗，餘同，的是一調異名，故類列。與《慶千秋》小令無涉。惜時代、爵裡無考。

勸金船 九十二字

流杯堂倡和翰林主人元素自撰腔

流泉宛轉雙開竇韻帶染輕沙皺叶何人暗得金船酒叶擁羅綺前後叶綠定見花影句並照與豆艷妝争秀叶行盡曲名句休更再歌楊柳叶　光生飛動摇瓊甃叶隔障笙簫奏叶須知短景歡無足句又還過清晝叶翰閣遲歸來句傳騎恨留住難久叶異日鳳凰池上句爲誰思舊叶

此調《安陸集》不載。據原題并蘇詞題皆云元素自撰腔。考元素名楊繪，爲前六客之一，惜原詞不傳，故附列於後。前後第四句是一領四字句。「綺」、「見」、「過」、「遲」四字宜仄聲，「足」字當叶韻，前結當作上四下六字句，不得以蘇詞比較。「翰閣」下十二字當於「來」字句，「恨」字逗，與前段同，然文義難解，似當「歸」字句「騎」字逗爲是，姑缺疑，俟考。

又一體 八十八字

和元素韻自撰腔命名　　蘇　軾

無情流水多情客韻勸我如曾識叶杯行到手休辭卻借叶這公道難得叶曲水池邊句小字更書年

月叶如對茂林修竹句似永和節叶　纖纖素手如霜雪叶笑把秋光插叶尊前莫怪歌聲咽叶又還是輕別叶此去翱翔句遍賞玉堂金闕叶欲問再來何日句應有華髮叶

前後第五句四字，六句六字，比前作各少二字。「永」字、「有」字用仄聲，亦異。「卻」字是借叶。「邊」字，各本俱作「上」，從《詞譜》改正。「光」字，《本事詞》作「花」，「日」作「歲」。

感皇恩 六十字　一名疊蘿花

安車少師訪閱道大資同游湖山

廊廟當時共代工韻睢陵千裡約句遠相從叶欲知賓主與誰同叶宗枝内句黃閣舊句有三公叶
廣樂起雲中叶湖山看畫軸句兩仙翁叶武林佳話幾時窮叶元豐際句德星聚句照江東叶

唐教坊曲名。《子野詞》注道調宮。金詞注大石調，《中原音韻》注南呂宮，《九宮大成》入北詞南呂調隻曲。

陳暘《樂書》：祥符中，諸工請增龜茲部如教坊，其曲有《雙調感皇恩》。

此與蘇軾仄韻體不同，與《泛清苕》之别名亦無涉，黨懷英詞名《疊蘿花》。

《詞律訂》云：《感皇恩》調從無用平韻體，而前後結各多一字者，趙長卿《小重山》「一夜中庭」一首，前結「疏雨響入芭蕉」，後結「虛過了可憐宵」與此正同，當爲《小重山》之又一體，宜注明。此是《添字小重山》，又名《感皇恩》，與仄韻《感皇恩》無涉。唐時舊調，後人各倚新聲，每多不同，自出新裁。愚按：此詞辭意與《感皇恩》名合，且宮調各別，宜分列注明。至《添字小重山》名，從未之見，調名已錯出叢生，不勝枚舉，斷不可再立新名。後一首則確是《小重山》，已注明於後，不得并此首而疑之也。「約遠相從」四字，鮑本《子野詞》作「遠約過從」。「德」字可平。「星」可仄。

又一體五十八字

張先

萬乘靴袍御紫宸韻揮毫敷麗藻句盡經綸叶第名天陛首平津叶東堂桂句重占一枝春叶　殊觀聳簪紳叶蓬山仙話重句霈恩新叶暫時趨府冠談賓叶十年外句身是鳳池人叶

《子野詞》屬中呂宮。

此確與《小重山》無異，的是誤寫調名。如《醉落魄》調「山圍畫幛」一首，與《慶金枝》相連，即誤寫《慶金枝》調，《恨春遲》即誤寫《八寶妝》，調名傳訛，多由於此。

卜算子慢九十三字

溪山別意句烟樹去程句日落採蘋春晚韻欲上征鞍句更掩翠簾回面叶相盼叶惜彎彎淺黛長長眼叶奈畫閣歡游句也學狂花亂絮輕散叶　水影橫池館叶對静夜無人句月高雲遠叶一晌凝思句兩袖淚痕還滿叶難遣叶恨私書又逐東風斷叶縱夢澤句層樓萬丈句望湖城那見叶

《子野詞》屬歇指調。

「去」字必用去聲，前後第七句是一領七字句，結句是一領五字句，勿誤。前結，《詞律》於「閣」字豆，「學」字句，此等句法是一氣貫下，不可拘泥。「花」字，《詞律》作「風」，「凝」字一作「相」。鮑本前段少「回面」二字，後段少「難遣」二字，「夢澤」二字作「西北」，「文」字作「尺」，「湖」字作「重」。

又一體八十九字　　鍾輻

桃花院落句烟重露寒句寂寞禁烟晴晝韻風拂珠簾句還記去年時候叶惜春心不喜閑窗綉叶倚屏山豆和衣睡覺句醺醺暗消殘酒叶　獨倚危闌久叶把玉筯偷彈句黛蛾輕鬥叶一點相思句萬般自家甘受叶抽金釵欲買丹青手叶寫別來豆容顔寄與句使知人清瘦叶

《樂章集》亦屬歇指調。

《全唐詩》注：與《卜算子》小令無涉。輻，江南人，咸通末以廣文生爲蘇州院巡。《江南野録》云：後周時，中選甲科第二，後隱鐘山，壽八十餘。李昌齡《樂善録》云：鍾輻年少負才傲物，樊若水妻以女，才質雙盛。輻登第，買一妾自侍，曰青箱，久不歸。一日過蒲城，邑令留飲樓上。輻醉，夢其妻以詩怨責曰：「楚水平如練，雙雙白鳥飛。金陵幾多地，一去不言歸」。翌日輻歸，至采石，妾暴死。及抵家，樊已死數月。物故之夜乃輻夢於縣樓之時。愚按：三説當是兩人。考咸通末年庚申至後周初已六十餘年，既壽八十餘，與「年少負才傲物」語不合。樊若水亦宋初人。凡詞皆先有小令，後加慢曲。《卜算子》爲蘇軾作，晚唐尚無此調。即後周至蘇公嘉祐時又八九十年，輻豈尚在人世耶？《宋史・樂志》所載，太宗親製調名有二百餘調之多，宋初諸公所製又不知凡幾，無一慢曲。實始於張、柳二家，宣政間始盛行。此闋辭意亦非五代人語氣，殊多疑竇。《全唐詩》、《詞綜補遺》皆列唐末，恐未確。今附列張作後以俟考。

前段第六句上比張作各少二字，少叶二韻。柳永一首與此同，不另録。

誤桃源三十六字　　無名氏見《明道雜志》

砥柱勒銘賦句本贊禹功勳韻試官親處分句贊唐文叶　秀才冥子裡句鑾駕幸并汾叶恰似鄭州

去句出曹門叶

《九宮大成》入南詞羽調引。

張耒《明道雜志》云：掌禹錫學士考試太學生，出砥柱勒銘賦題。此銘今具在，乃唐太宗銘禹功，而掌公誤記爲太宗自銘其功。宋渙中第一，其賦悉是太宗自銘。有無名子作此嘲之。

原注「冥」字上聲，「冥子裡」俗謂昏也。「分」去聲。

折新荷引 八十二字　一名新荷叶

趙抃

雨過回廊句圓荷嫩緑新抽韻越女輕盈句畫橈穩泛蘭舟叶芳容艷粉句紅香透豆脈脈嬌羞叶菱歌隱隱漸遥句依約回眸叶　堤上郎心句波間妝影遲留叶不覺歸時句淡天碧襯蟾鈎叶風蟬噪晚句餘霞際豆幾點沙鷗中漁笛不道句有人獨倚危樓叶

《九宮大成》入南詞正宮引。

調見《樂府雅詞》，以本意爲名。《陽春白雪》名《新荷葉》。因第三句又名《泛蘭舟》。「雨」、「嫩」、「越」、「畫」、「穩」、「脈」、「隱」、「不」、「淡」、「碧」、「噪」、「際」、「幾」、「笛」、「獨」可平。「圓」、「芳」、「紅」、「菱」、「依」、「堤」、「波」、「妝」、「歸」、「風」、「餘」、「漁」作仄。

新荷葉八十二字　　辛棄疾

人已歸來句杜鵑欲勸春歸韻緑樹如雲句等閑付與鶯飛叶兔葵燕麥句問劉郎豆幾度沾衣叶翠屏幽夢句覺來水繞山圍叶　有酒重攜叶小園隨意芳菲叶往日繁華句而今物是人非叶春風半面句記當年豆曾識崔徽叶南雲雁少句錦書無個因依叶

與趙作同，只後起句多叶一韻。

水調歌頭九十五字　一名元會曲　凱歌

滄浪亭　　蘇舜欽

瀟灑太湖岸句淡泞洞庭山韻魚龍隱處烟霧句深鎖渺瀰間叶方念陶朱張翰句忽有扁舟急槳句撇浪載鱸還叶落日暴風雨句歸路遶汀灣叶　丈夫志句當景盛句恥疏閑叶壯年何事憔悴句華髮改朱顏叶擬借寒潭垂釣句又恐相猜鷗鳥句不肯傍青綸叶刺棹穿蘆荻句無語看波瀾叶

《碧鷄漫志》中吕調。餘詳唐人《水調歌》及後唐莊宗《歌頭》下。

《水調歌》已見卷首，此調是采其第一遍，如《六州歌頭》之類。毛滂詞名《元會曲》，張榘詞注，一名《凱歌》。《草堂》注姜夔詞，名《花犯念奴》，吴文英詞名《江南好》。今考《草堂詩餘》有楊慎《花犯念奴》一調，而白石歌曲旁譜《水調歌頭》二闋，並無《花犯念奴》之名。吴文英《江南好》實《滿庭芳》之别名，舊説訛誤太甚，今訂正。《東行筆録》云：蘇子美謫居吴中，欲游丹陽，潘師旦深不欲其來，宣言於人欲拒之，子美作《水調歌頭》。此調作者最多，平仄各異。如「太湖岸」、「暴風雨」有用平平仄者。究宜用仄平仄爲是。後起三字句更多不同，第三、四句或一四、一七或一六、一五，皆一氣貫注，可不拘。「太」、「淡」、「隱」、「忽」、「急」、「撇」、「落」、「暴」、「丈」、「志」、「景」、「壯」、「擬」、「又」、「不」、「刺」可平。「瀟」、「湖」、「魚」、「深」、「方」、「張」、「扁」、「歸」、「夫」、「當」、「疏」、「華」、「猜」、「穿」、「蘆」、「無」可仄。「看」去聲。

又一體 九十五字

丙辰中秋歡飲達旦大醉作此篇兼懷子由　　蘇軾

明月幾時有句把酒問青天韻不知天上宮闕句今夕是何年叶我欲乘風歸去換仄又恐瓊樓玉宇叶仄高處不勝寒叶平起舞弄清影句何似在人間叶平　轉朱閣句低綺户句照無眠叶平不應有恨句何事常向别時圓叶平人有悲歡離合三換仄月有陰晴圓缺三叶仄此事古難全叶平但願人長久句千里共嬋娟叶平

《坡仙集外紀》云：神宗讀至「瓊樓玉宇，高處不勝寒」，乃嘆曰：「蘇軾終是愛君」。即量移汝州。《鐵圍山叢談》云：歌者袁綯，乃天寶之李龜年也，宣政間，供奉九重，嘗爲吾言：東坡公者，與客游金山。過中秋夕，天宇四垂，一碧無際，加以江流澒涌，俄月色如晝，遂共登金山山頂之妙高臺，命綯歌其《水調歌頭》。歌罷，坡爲起舞而顧問曰：「此便是神仙矣，吾輩文章人物，誠千載一時，後世安所得乎。」

後段第三、四句，一四一七字，一氣貫下，分逗不拘。「我欲」二句、「人有」二句，間用兩仄韻各叶，與前異。各家多用此體。「常」字一作「偏」。

又一體九十五字

賀鑄

南國本瀟灑韻六代浸豪奢平叶臺城游冶仄叶襞箋能賦屬宫娃平叶雲觀登臨清夏仄叶璧月留連長夜仄叶吟醉送年華平叶回首飛鴛瓦仄叶卻羨井中蛙平叶　訪烏衣句成白社仄叶不容車平叶舊時王謝仄叶堂前雙燕過誰家平叶樓外河横斗掛平叶淮上潮平霜下仄叶檣影落寒沙平叶商女篷窗罅仄叶猶唱後庭花平叶

此平仄三聲互叶體，賀詞多用此格。前後第三、四句亦上四、下七字，「箋」字、「前」字用平。「璧」字，葉《譜》作「碧」。